入陣的人

神行子弟鬥陣事件簿

跳舞鯨魚◎著

晨星出版

推薦序

陣裡陣外

電音三太子登上國際新聞版面之前的許多年，我便知道三太子，也在不同縣市不同街道不同場景遇見過鑼鼓喧闐下隨著宮廟神駕出巡的三太子，但也一直都是在距離之外看著，看著那些我所知不多的陣勢，看著那些鞭炮煙霧間的隊伍，看著那些隨隊伍行進的信徒。

直到翻閱跳舞鯨魚的《入陣的人》，我堪堪觸到了陣式，張眼專注讀著，想著讀出神駕繞境與各式陣頭的迷人之處。慧根似是薄弱了些的我，始終文字敘述裡細讀陣頭，影像播放裡銘感震撼，腦海迴盪裡深刻印象。

而我，依然沒跟在迤邐綿長的信眾隊伍之中，虔誠追隨幾天幾夜。不知道為什麼，每每路上偶遇迎神繞境的陣式，我總陣外靜默無聲敬謹膜拜。許是震耳欲聾的鞭炮聲易令我慌亂，又或許是鞭炮燃放後火藥氣味令我不適，又或者陣頭的家將兵將神將令我心生敬畏。但其實出巡的陣頭都是除污去穢、驅邪除魔、庇佑住民、綏靖信眾，我必也是在廣大威神力的護佑下，方能平安順遂的走過年年歲歲。

喊我小姨婆的翔翔，從還在襁褓時就忒喜愛迎神廟會，只要聽到一丁點鞭炮聲，哪怕炮聲還在遙遠的另一個庄頭，他的耳朵特別靈敏，便能知道將有陣頭經過居住社區所在，然後不停扭動身體等著大人抱他親臨現場，是他神識裡有一條連接陣頭的因緣線？還是因為他生長在臺南佳里區，鄰近西港、學甲、麻豆、土城等出陣極多的庄頭，早已融入宮廟文化氛圍？後來他長大一些，佳里金唐殿、南鯤鯓代天府、學甲慈濟宮、土城鹿耳門聖母廟，他都不只去過一次，小小身形虔敬信服於神座之下，那是至誠膜拜的信眾啊！

媽祖廟主要奉祀海神媽祖，又稱天后宮，臺灣地區每個縣市都有為數不只一座奉祀媽祖的宮廟。就以我生長的臺中而言，小時候母親會帶著我們姊妹去成功路的媽祖宮禮拜，識字後發現母親口中的媽祖宮其實是「萬春宮」，可母親依然說去媽祖宮拜拜。萬春宮宮誌上記載著，康熙六十年（西元一七二一年），南澳總兵藍廷珍奉命來臺平定朱一貴，行前先從湄洲朝天閣恭請三媽神像來臺灣，將神像駐駕奉於臺南大天后宮，至雍正元年（西元一七二三年）平定朱一貴後，才迎此神像奉祀於大墩庄店，廟名為「藍興宮」。但在林爽文事件時，藍興宮遭破壞，至乾隆五十四年（西元一七八九年）方才修復，道光四年（西元一八二四年），再重修並更名為「萬春宮」。無論是母親口中的媽祖宮，或是藍總兵最初的藍興宮，甚或現如今眾所周知的萬春宮，三百年來護佑著大墩市民，大墩市民之一的我也在祂的加被之下無災無難到而今。

後來住家遷至南屯，母親轉而每年年初至南屯老街，建於清雍正四年（西元一七二六年），又名犁頭店萬和宮的「萬和宮」安太歲、禮拜、祈福。萬和宮整座廟宇坐西朝東，主要架構採用疊斗式的木構建築，日字型布局的三落兩院配置，由通廊銜接建築主體。我隨著母親的腳步也轉而親近這座已於民國七十四年（西元一九八五年）明定為國家三級古蹟的萬和宮，走著的便是隨順因緣的人生大陣，人生陣仗何其繁複，不同時期扮演不同角色，如何扮演得恰如其分不偏不倚，常是幸賴宮廟裡端坐的諸神佛護持庇佑與指引，方能步履踏實，一路前行。

落籍港都之後，徒步去過三鳳宮，經常路過義民廟，也和女兒去過鳳山媽祖廟、龍山寺與城隍廟，無論入殿未入殿，無論捻香未捻香，無論停留時間長不長，心間都虔敬禮拜每一尊神祇。

高雄內門區素有藝陣之鄉的美名，擁有全國最多的民俗藝陣陣頭，其中宋江陣乃源於羅漢門迓迎佛祖繞境隨行護駕的陣頭，迄今已經有二百多年的歷史了。又因為陣頭多，為了張羅餐食，總鋪師便應運而生，也難怪要找總鋪師得向內門去，內門的總鋪師可是獨領全國風騷呢！女兒神往內門總鋪師已久，早早規畫的人生大事便以歡樂戶外婚禮為主軸，百年老建築的橋頭糖廠白屋，佐以內門第三代總鋪師的手藝，含意深遠，陣仗不小，逗趣中透著人情溫馨，來客皆歡樂。

我因此有幸品嚐了內門總鋪師的辦桌，可宮廟民俗陣頭實在多樣，沒能有翔翔濃厚的民俗信仰連結，我說不出蜈蚣陣的特色，家將兵將神將也還是看得一知半解，唯獨源自大仙尪仔的電音三太子能引我入勝。民國九十八年（西元二〇〇九年）電音三太子表演團登上高雄世界運動會開幕式後，從此受到包含臺灣以及世界各地的讚賞，並大受國際人士關注。

說到底，神力無遠弗屆，無論哪一時哪一地哪一人種，也都需要時時被護佑加持，無論陣裡陣外。

或者，您也可以與我一樣，隨著跳舞鯨魚的《入陣的人》一步步理解各種陣式，然後，您或許便也入了陣。

2020秋日　作家　妍音

推薦序

莫忘祖上，珍惜文化

小時候，每年神明生的季節，家門前的馬路上總有絡繹不絕的進香陣頭隊伍一一而過。鑼鼓陣從大老遠便已是喧囂鳴奏，勾動著我們趕緊放下手邊的一切，到大門口迎接神明，也觀賞各具奇趣的陣頭經過。我喜歡大仙尪仔，高大又威武，彷彿只要祂們經過，就能掃蕩妖氛，萬煞皆消；蜈蚣陣經過時會一一算著有幾個小車，常常大家算的都不一樣；老背少總是很滑稽；舞獅最討喜，孩子們都很喜歡；八家將經過時，氣氛立刻很詭異，小時候的我會緊緊拉著媽媽的手，感覺安全一些；刺繡著美麗花紋的旗隊和涼傘，總讓隊伍顯得格外燦亮花彩。最重要的，是要等到神明的大轎經過，虔誠的合掌敬拜，搶著在神轎通過眼前的幾秒鐘之間，飛速的許願。常常在神明轎頂上會有一隻通身雪白的紅冠公雞，格外醒目。我總擔心牠禁不住神轎搖晃，不知道會不會摔下來或飛走。

這些林林總總的回憶，讓我帶著無比的興味閱讀《入陣的人》。我相信很多土生土長的臺灣人會像我一樣，在民俗文化中體會著臺灣真味。

跳舞鯨魚成長於溫暖的南臺灣，在熟悉的環境中，常民生活裡古老而純樸的各式陣頭，她肯定是不陌生。她注意到了入陣的阿弟仔，讓鯨魚重新關注了陣頭，重新在陣頭文化裡省視臺灣文化的ＤＮＡ，解析臺灣從遠古以來在平埔與漢人與土地之間的深層密碼。她不僅僅只是體受著各式陣頭的民俗趣味，而且緊銜著保存文化，傳承歷史的使命感，用功、用心、用情地著作了《入陣的人》。

鯨魚很用功，她廣泛瀏覽了各式文獻，從中國古籍到臺灣方志，從考古報告到耆老傳說，還網羅了南臺灣的王爺、媽祖和阿立祖等眾多神祇，老實的從先民的紀錄中，找到古往今來的連結，她的關注始終沒有離開土地和人民。《入陣的人》是在地歷史的尋索。

鯨魚很用心，她踏查著民間信仰的祭典現場，仔細觀察了神明淵源和儀式細節；她引經據典地考察著歷史洪流裡的關鍵與人物，特別是平埔族顛沛遷徙、抗議不公的壯烈歷程；

她悠遊在島嶼之南的山林川谷間，看先民們的奮進智慧。《入陣的人》是土地人文的追緬。

鯨魚很用情，陪伴她長大的阿嬤、外公、外婆、堂哥在字裡行間都來了，篇章之間穿梭著遠古原民與現代常民。她追尋著二仁溪的史前文明，也沒有忘記八八風災的椎心，而她更在乎入陣的阿弟仔們內心的惆悵與生活的悲喜。《入陣的人》是擁抱溫情的襟懷。

臺灣自古是神仙喜歡的蓬萊聖境，是神明眾多的福地洞天。入陣的人在神與人之間，在埋首生活與仰望神仙之間，世代積累的庶民行事濃縮在陣頭裡，是寄託，是奉獻，是祈求，是情趣。然而，現代社會在科技的飛新與信仰的古老之間，儀式的存續、陣頭的傳承、文化的盛衰，都無可逃避地面對著轉變與挑戰。《入陣的人》寫下神明和儀式、民眾與土地、心靈與生存，試著更寬廣的俯視歷史，更暖心地留下記憶。提醒著所有臺灣囝仔，莫忘祖上，珍惜文化。

我們都是孩子，如果我們都是阿弟仔，祖先長輩神明疼惜護佑，會陪著我們鬥陣行。未來，依然值得無比期待，努力奮進。

二〇二一年春　國立臺中科技大學應用中文系教授　林翠鳳　序

自序

由記錄阿弟仔心目中的老大開始

一開始，我認識一個阿弟仔，阿弟仔的背後還有許多阿弟仔，他們都被人叫做阿弟仔，儘管有些人是阿妹仔，他們懵懂成長，在出陣的路上，偶爾總是回想起自己為何走入。

許多年前，我開始注意到阿弟仔們背後的「老大」，或者該說是從「阿弟仔們的老大」才去意識到那些「阿弟仔」。很難相信那些「阿弟仔」的年紀有的比我父親還要年長，所有的「阿弟仔」領著大仙尪仔或是神轎出陣的時候，步伐一致輕盈得就像是在雲霧裡飄。

大龍炮在地上炸出陣陣的白霧，大仙尪仔和神轎彷彿真行走雲端。那是神的世界，凝滯在陣頭舞動的瞬間，陣頭的歌舞真實把平凡的生活徹底隔開，人神在一剎那間開始交集，無論是陣頭裡的人還是沿途拜拜的信眾與路人。在那些與神有關的日子裡，人藉此而能類神般，去執行廟宇事務，甚至脫凡成為暫時的神明代理人，那是人和神彼此短暫形成平等且毫無阻隔的和諧關係，就在那些原本屬於神明生日或是神明飛昇之日的某些天，神和人緊緊相依。

其中一個阿弟仔，每年過年的時候習慣會請示他的「老大」，他的「老大」會賜他一支籤，指引他一整年的方向。我問過那個阿弟仔，他每年都求些什麼。他回答的不外乎是工作，也想過感情，但多半是求平安。阿弟仔不敢多想，也沒時間去想，他兼兩份差，工作的時候時常發呆，他還是努力在生活中擠出笑臉服務需要協助的老人家，他還追過小偷，也曾在車禍現場幫忙指揮交通……他覺得累了的時候就自然會想回到一群「阿弟仔」的身旁。阿弟仔們會在夜深人靜聽起陣頭音樂，他們一起練習步伐，他們試圖開懷大笑，他們漸漸吵得鄰居的狗都在叫，他們還想唱歌，多半還是選擇揮舞起鼓棒，他們因此敲鑼打鼓，他們有時會遭受左鄰右舍的非議，他們於是把陣頭的音樂開得更大聲，但他們卻不知道該唱些什麼。那個阿弟仔總是茫然著眼神告訴我說：自己還看不見，自己也聽不懂。他說某些「阿弟仔」可以看見也能聽懂，如古代祭司般溝通著神，驅除著災厄。

跟著阿嬤求神拜佛而逐漸長大的我，慢慢去思索廟後殿為什麼總有佛寺，以及某些神像因為歷史因素而從此寄放在某些廟裡的總總現象。人和神都在時間的洪流中，慢慢演變著各自的命運。

陣頭是種溯源歷史的管道。不僅讓人復原打從遠古時代的本能，去盡情歌舞，去想像遠古大地那般寬廣的年代，人是如何引吭高歌以迎神和驅獸。陣頭在保存文化功能之下，同時也具有記錄歷史的功用。陣頭保存了聚落的發展過程，以及歷史事件遺留的痕跡——西來庵事件後的五福王爺信仰系統變化，以及家將文化南傳與北遷。

陣頭是很古老的活動，源於儺。儺從古至今承續著祭歌、儺戲和陣頭文化，因此教育了過去社會的鄉鎮子弟，也擔負了血緣、情感傳承的功能。此外，陣頭也提供了農閒娛樂的功用，更是保衛家園的方法。

我開始注意到「阿弟仔」的「老大」……他們說那個被他們揹在身上出陣的中壇元帥是他們的「老大」，故鄉裡的文衡聖帝是他們的「老大」，朋友宮廟裡的濟公是他們的「老大」，他們有的給樹王公還是石頭公作契子，他們有的喚媽祖為天上聖母媽媽。那些「老大」背後的故事，也往往更直接去說出陣頭最古早重要的功能——防衛。

比如說那個來自店仔口的張丙，他往南往北民變，在高雄形成紫竹寺的義民祠由來。

張丙還跟著彰化黃城北上，他們由南部準備越過濁水溪，想讓「天運」和「奉天」的旗幟在西螺溪飄，西螺溪那時候還不是濁水溪的主流，西螺溪只是濁水溪的支流，跟從張丙的軍隊卻被西螺溪攔下，一群人坐困西螺。只因漢軍鑲紅旗葉長春力保西螺和布嶼的安定，和村民一同奮戰。張丙事件總算落幕，「好義從風」匾卻從此永留西螺，駐足在供奉太平媽的福興宮。

那些能奮戰的好義從風村民，平時就以陣頭強身練武，因此能在古代武裝了自己的家鄉。那些村民在各自所屬的廟宇境角，則延續著血緣親疏的歷史，直至純子弟組織的陣頭已然凋零在現今社會。

那些「阿弟仔」跨越境角的限制還是努力著，憑藉經驗傳承著神的世界下，一一記錄著神衣、神冠或神帽的儀制，以及神將的步伐、神將的由來和神的故事。

那是文化保存的過程，當這塊土地還只有橙色夾砂陶片、細細碎碎的石簇、石刀、陶壺……以至於沙洲裡還有落單的水鹿，在木麻黃尚未種植的海岸邊，紅樹林和欖欄樹依然遍布……眼看河跟海的交界仍糾纏在一片沼澤地帶之時……直到港口出現，五分車輕軌經過農田……原住民的神都融入到廟宇之中……那個年紀很大，還故意開玩笑跟著其他「阿弟仔」

叫我姑姑的老「阿弟仔」，他感嘆問我說，廟裡的兩尊大仙尪仔即將換新衣，能否為兩尊神將拍照留念。

我因此想寫一本書，寫那些「阿弟仔」和他們的「老大」背後所隱藏的移民歷史。

後記：當年，我因緣際會吃過兩尊神將上的平安餅。隔年，神將上的平安餅發不完，由一個阿弟仔掛在脖子上，他挨家挨戶去問，是否有人要吃平安餅。

目錄

平埔族賽戲／引自《諸羅縣志》

炮仔聲

自身經歷與陣頭宗教故事

點燃炮陣迎神／吳漢恩提供

「方相氏掌蒙熊皮，黃金四目，玄衣朱裳，執戈揚盾，帥百隸而時儺，以索室驅疫……。」《周禮．夏官．方相氏》

我甫出生，農民曆上的關卡，註記著我一生怕雷鳴，懼聲響，恐人聲鼎沸諸多等症狀。旋即，一驚一乍在襁褓中，猶記母親摔門而出的聲音，更證實我對聲響的畏懼。而後，無論祖母在我洗澡盆中，放再多再大的石頭，只要憑空出現聲音，我必嚇得逃之夭夭。一個人一溜煙就躲進長屋祖厝最深的暗處，那裡有祖母的裙裝，有伯父們孩童時期的衣物，也有用於揹小孩的布巾。昏暗的舊衣櫃裡，颱風泡水變形的木門總掩不上，紅磚上的屋瓦總留著天雨才會關上的通風小孔。射入，光在飄動，我眼下的衣物全灰灰白白，外面的微塵也灰灰白白，朦朧下房外花花綠綠的吵雜，獨留一角寂靜。

直到祖母輕柔的吆喝聲從遠方傳入。那聲聲喚如同文鼓的節奏，我不怕文鼓。無論是三月媽祖生，還是四月迎王爺，夜裡繞境的陣頭，走的是文鼓，文鼓和南管一樣，陰柔中有堅韌。祖父說：南管是文人戲。祖父把原本很扁的帽子壓得更加貼近頭部，在幾乎沒有頭髮的阻礙下，遮掩著他大半的神情，陰影全落在他很尖很高的鼻子上，他的模樣頓時落回溪邊牧牛少年狀，頂著英國工業革命後男童穿戴的那種帽子，靜靜的。他不怎麼說話的，雙腳平穩踏在夯土地面上，不哼唱不打拍子，沉浸的樣子宛若夢迴南管興盛起的年代。那是南管團員腳下金獅座仍閃著新穎彩漆的時分。我認識那些金獅座的時候，它們早就成為骨董。南管的淵源很早，北管的由來則是因為福州戲，那樣的戲後來衍生為布袋戲和歌仔戲。無論是魁儡戲還是畫著面具的戲劇，戲的由來據說是儺。儺的最初是舞，戲劇要有曲，也要有舞。巫覡祭祀的時候，舞和曲曾經分開，後來曲又結合著舞，由世家大族帝王之家傳入民間，舞又連著曲，也又分開成為曲是曲，舞是舞。

我聽著南管入睡，也從南管練習曲中醒來。我祖父則跟我說起：夜間出陣的時候，小孩子是不能看的。祖父的童年經常在夜間陣頭起陣之前睡去，他因此不知道陣頭是什麼時候離開的。僅僅一次，他聽見陣頭拿法器驅逐鬼的聲音……也許是因為《周禮・夏官・方相氏》所載：「……帥百隸而時儺，以索室驅疫，大喪，先柩，及墓，入壙，以戈擊四隅，毆方良。」等原因。有什麼人死去，或是真有山靈精怪作亂。「那是個不平靜的黑夜……」祖父喃喃說。

竹林裡有哭聲，荒廢老宅裡突現血跡，血的痕跡越往竹林深處遠去。祖父說的模模糊糊，他有時候肯定是他自己的童年，時而又認為是我阿祖的童年。我祖父對我阿祖應當沒有任何印象，他三歲那年，我阿祖便不在了。《周禮．夏官．方相氏》所載的方良，後代解釋即魍魎。《說文．虫部》理解為蛧蜽，「狀如三歲小兒，赤黑色，赤目，長耳，美髮。」祖父說他那夜睡不著，便偷偷跑出去看。那些是神明附身的軀殼，持著鋒利法器，遇黑影就猛揮。他見狀，嚇得怎麼都跑不動，直站在街上的騎樓邊。後來，究竟看見了什麼，以他三歲的記憶，他本也什麼都說不清。

為帝王送葬的舞為獻，鄭玄注《禮記．郊特牲．鄉人禓》：禓，或為獻，或為儺。獻起源於夏帝殺商祖，商祖之子為父送葬回家鄉，舞的就是獻。儺為定期驅疫，禓為不定期驅疫。我後來聽家人說過許多關於夜間陣頭殺鬼的故事，有時發生在夏天，有時於冬天。驅的究竟是鬼，是疾病，是災厄，還是從來沒有被弄懂的魍魎。魍魎據說就是魔神仔，有人在寶來山區迷路，有人騎車在彌陀省道鬼擋牆，梓官廣澤尊王遇到歹物仔（壞東西）神像左眼會突然翻成白眼……等等傳說，據聞都跟魔神仔有關。似妖，是鬼，亦靈，若人，人遇到不好的事物，行驅除之儀式，是儺，也是陣頭的最初。儺的起源卻是讓人化身為動物，隱藏在野獸間，一則防禦，二則深入獸群，待時機成熟，以面具嚇唬一時不查之野獸，好捕獵驚慌失措的動物，人彷彿真成為野獸。儺的角色來源，有神獸，有妖怪，有鬼，有精，有靈……。人以物克物中，人既是神獸，是妖怪，是鬼，是精，也是靈。

後來，也就只有人了。老家橋邊再也沒有清朝女鬼半夜買肉粽，不再遇過日本兵魂徘徊踏步，也再無人撞見竹林裡奇怪現象……。竹林早就被夷為平地，附近精神病院轉眼便改建成新透天厝，依舊只剩人搬進搬出。

我成長的年代，老家已經沒有武陣，白日和夜裡的文陣在街上繞過一年又一年，聲音極為輕柔悠遠，像是在話說當年，是人出現了，才看見神獸、妖怪、鬼、精和靈。文陣的武器是鞭炮，用來警告歹物仔迴避，我一聽見鞭炮聲就嚇得往屋內逃竄。直至祖母輕聲喚了又喚後，我才敢從古老衣櫃裡爬出。在仍有軍營駐紮廢棄港口淤積水道的河邊年代，新年的舞龍由那時放假的阿兵哥表演，被輕輕晃動著的龍便那麼挨家挨戶緩緩走過，不時還有人穿戲偶服，扮財神爺和土地公跟在後頭收錢，一個個全都別上正紅顏色的花綵。一時間，鞭炮聲四起，茫茫煙霧裡，龍還舞著，人也動著，分不清哪些是觀眾，哪些是裝載著神獸模樣的阿兵哥……彷彿還有神獸、妖怪、鬼、精和靈。躲在暗處的我，緩緩走入人群中，竟不知自己究竟是人，是歹物仔，還是神獸。

祂生有金臉三眼，與赤臉三眼的五顯大帝有雷同之處。祂是西來庵，後來的五福大帝廟的神像之一，另有四尊神像，分別是粉臉、綠臉、紅面和黑面，紀念五神尚為人的時候，為救村民，以身試毒，分別投五口被瘟神下毒之古井。五福大帝據傳就是五靈公、五顯大帝、五通或五聖，神明的身分漸漸混淆。

我一直都膽子小。可一年一度唯有一、兩天，我幾乎什麼都無所畏懼，那是不怕炮仔聲的日子，就落在農曆元月十四日和十五日。

那兩天放鞭炮習俗的由來，是為了去除瘟疫。瘟疫留下的風俗，從此沒有離開過我的故鄉，唯一的例外落在太平洋戰爭期間和戰後幾年的動盪。蜂炮活動據說源於清朝年間，有一說落在光緒十一年（一八八五年），也就是中法戰爭那一年，鹽水開始爆發瘟疫長達二十五年。當時，臺南許多地方都被瘟疫所苦，成長過程中的我卻不知道什麼是瘟疫。我只知道家鄉所有廟宇，似乎皆跟瘟疫或多或少有關。其中，鹽水武廟的文衡聖帝透過放鞭炮的儀式，讓醫療不發達的港口，從此擺脫瘟疫的糾纏。因此文衡聖帝飛昇日元月十三日到元月十五日元宵節，就成為放蜂炮的日子，後減為兩天，元月十四日和元月十五日舉辦。

鞭炮用於去除瘟疫，鑽過燃放後的炮城，則成為消災解厄的方法。不只是臺南鹽水，在日本東京墨田區的兩國橋，也是為了趕走瘟疫而放花火，如今則改為隅田川花火大會。左營萬年季的放火獅在形式上，原本猶似放蜂炮，後來則改為迎火獅。

我在放蜂炮的日子裡，並不恐懼那些如雷響的花火。我多半不是專心看人家綁炮城，就是懷著誠心去幫廟推炮城等待施放，然後我會站在廟裡，聽一枝枝如蜜蜂振翅聲響大作的沖天炮傾巢而出。我過去不怎明白自己那兩天兩夜的反常，等一過了放完蜂炮的元宵暝，我頓時又恢復成連家人在廚房掉落鍋子，都可以把我嚇得半死的模樣。

某堂哥說我的現象，就像是扮神將的人，陣頭一出，便不知人間歲月，直到卸了妝，才感受到自己哪裡痠痛，哪裡受傷……煩惱的瑣事瞬間像是融冰後的泥流，傾瀉而入。

那位堂哥從小就在王爺廟裡打轉，他說王爺廟裡曾有番王和番將。我沒看過那樣的神將，倒是廟裡的紅毛番抬廟角看了很多。堂哥說過，王爺廟裡的番不是那種紅毛番。我則咸少入王爺廟，就像不解瘟疫那般，我曾經也不明王爺千歲等神明的保境安民事蹟。

直在很多年以後的某天，我跟著神轎看蜂炮的過程中，那是我第一次發現鹽水有五通信仰（五顯大帝），也是一種王爺系統。王爺系統也包含五福大帝信仰，自福州傳入府城白龍庵時，衍生了五個家將團，分別代表春瘟、夏瘟、秋瘟、冬瘟和中瘟，主驅瘟除疫。

陣頭來了，鞭炮的煙霧瞬間襲過，猶若港口邊的冬夜大霧。祖父在童年那些夜裡究竟見過什麼，春夏秋冬，什麼都漸漸消失。風吹開了煙霧，什麼都沒有改變，又好像已經流逝了些什麼。

堂哥後來離開王爺廟，他不得不去找日夜兼職的工作，只有在元宵節才會回鄉幫忙。我換過許多工作，因緣際會我踏入五通宮廟宇求神明賜籤，一一抽光了籤筒，那唯一一枝三聖筊的籤，讓我從此開始寫作。外面的有形無形風暴，一次又一次摧毀我生長的這座島。港口邊最終只剩下煙霧，夫家原在港邊的她，也說起自己的故事。

她的樣子還很年輕，她至今仍居住在古巷內，她說自己是阿嬤，我則稱呼她為阿姨。她一邊同我講起古巷歷史，談百年前老街裡都是老人用牛鈴敲碎檳榔嚼食，也講巫和法術。她頂多七十幾歲，一旁騎腳踏車經過要去撿資源回收的阿嬤已經有八十幾歲，她家不遠處那戶家裡供奉王爺、中壇元帥和虎爺的阿嬤則有九十幾歲，巷子則有兩百多年的歷史，村莊起源的年代遠於更早，是平埔族鬥走的區域。而在巷外那些經歷日本時代如今快一百歲透天厝的馬路旁，則持續有外縣市的陣頭放起煙火。鞭炮和低空爆炸的煙火聲響大得我什麼都聽不見，就只能讀她的嘴型，看她的神情，想古巷內的繁華一年不如一年，儘管巷口還印著日本時代的陣頭相片。

他出生以後的年代，八家將的陣頭越來越少。過去，有許多土地等著人蓋房子，前面是一臺工地秀歌星表演，旁邊是一臺布袋戲演出，又一臺歌仔戲唱戲，還有臺下廣場上，各尊神明坐鎮的祈福驅邪儀式展開。許多廟也會因時節遞嬗，舉辦廟會活動。尤其建醮的時候，各種傳統和現代娛樂表演紛紛在舞臺上輪流展現，臺下的廣場上仍舊是神明和陣頭，人紛紛以儀式讓言行舉止成為神明，或是以起乩的方式擔任神明的左右手。那些乩童都在跳舞，也在唱天語，有的哭，有的笑，有的為老人家祈福延年益壽，有的給予生病孩子信心。還有一群人則穿著紅褲子，赤裸著上半身，有的綁頭巾，有的沒綁，有的全身用朱砂畫滿符咒，有的空白一副驅殼，只要時間一到，便拿起帶針帶刀的法器猛往自己身上，又是槌，又是砍，又是扎。他們的身體都在流血，他們沒有哭喊，他們沒有哀叫，他們一個個越打越用力，血流得瞬間彷彿下雨的雨水，逐漸洗去他們身體的符咒。有人說那些是假的，有人說那些是真的。究竟是神明上乩身是真，還是血流是真，抑或法器是假，還是人是假的……他全都沒有看過。

八家將在他印象中，只是電視裡的人偶般。很多年後，他再也記不清自己是在哪裡親眼見過八家將，一群多於八個人的家將團從他家或是他外婆家前的大馬路經過，他只記得要跑，要遠遠躲開那些原是神轉世為五福大帝部將的什家將，是城隍爺從祀神演變的兵將，是一個個兇神正追趕著惡煞。他不是惡煞，他邊跑邊回頭，他直鑽入長長屋子盡頭的廚房，他已經無路可逃，他猛然一轉身，一個八家將的將軍直站在他眼前，將軍對他說天語，以很兇的方式，他什麼都聽不懂，全身只能顫抖，直到將軍退出他所矗立的廚房，從那刻起，他彷彿就不再是他自己。

他叫我阿姨，他後來跟了某宮廟的主神，他積極參加陣頭，他扛過大仙尪仔，他踏過八卦，他日夜做兩份工作，他假日才能回鄉。他說某神明是他老大，他老大正在慢慢教會他，如何度過茫茫人生。因為他還是會怕，很怕。

神究竟是什麼？陣頭又是在跟誰溝通？鞭炮是人的武器還是神的？田寮的石頭公廟據說與平埔族公廨有關。

我跟著祖母，追隨媽祖繞境，去過許多縣市的天后宮，用走的，騎機車，搭便車，或坐公車。後來，祖母離開了，漸漸有些記憶也便跟著淡忘。

廟會活動前，鞭炮煙霧裡，許多人扛起大仙尪仔，繞境的步伐預備。有一個人還在跟我說話，他說北港媽祖無論去多遠地方繞境，一定會在鹽水媽祖宮休息。那人說完，趕緊領著百餘年歷史的大仙尪仔，穿越漫漫白煙，緩緩走入人群。

幾年前，三百年來北港媽祖首次繞境旗山，會香旗山天后宮。一家人就那麼開車去跟，走的是平埔族昔日走過的那些庄頭，全在山邊，繞著繞著也就到了甲仙，過了茂林，進入旗山。

灰灰的山林由車窗漸漸褪去，灰灰的道路仍在延伸起伏，猶若是一條長長灰灰死去的蚯蚓，漫漫乾涸在灰灰田邊、果樹旁和不知什麼人種下的不知名小森林。

炮仔聲瞬息被燃起，一片灰灰的鞭炮茫霧中，彷彿還能聽見，如果還在，那早已百餘歲的祖母依然喚著我的名。

我仍是膽小的，茫然錯步在好似熟悉，又彷彿從來沒有踏上的土地。那塊土地曾經收藏過一群人，是長久居住，或是暫時棲息，還是被迫搬遷。那些淺色毛髮人要去的地方叫做北頭洋，那裡有一座茂密的黑森林，淺色毛髮人漸漸不再畏懼黑森林背後的故事，他們決定進攻。但那些淺色毛髮的人，被俗稱紅毛番的人，他們是畏懼旗山的，更無法想像堯港背後的森林，他們因此輕描淡寫過二層行溪的邊境，宛如從來沒有遇見一座巨大的珊瑚礁島和背後屏障的山林。

我莫名就是怕得要死。

那些紅毛番用武器跳儺舞，驅除原本的居住者，比方良更像是魍魎。有些人逃了，就那麼一路往南逃。

老家村莊裡九十幾歲以上的老人家們，她們說著類似天語的話，跟遙遠某個境域的祂們說話，無論是她們還是祂們都沒有逃。

來自平埔聚落的祖母始終要我別怕，她說：終究都會過去。

風，漸漸吹散鞭炮的煙霧。

GOMIER

大甲媽開路鼓三輪車／吳漢恩提供

鑼鼓陣

天災人禍間，對靈、神、鬼和人彼此的宗教影響，以及平埔族的夜祭。

當卡那卡那富族提起女人部落的故事時，那裡已經沒有女人部落的蹤影。只有女人存在的異境世界後來被謠傳在更遙遠的東南方，排灣族傳說那遙遠神祕的女人島有神一般滋味的小米，他們的祖先曾經遠渡到女人島，把美味的小米帶回本島。女人島後來消失了，當神話年代裡的人們敘述著一座島上的一塊土地，那裡曾經是遙遠奇異的他鄉，後來卻成為故鄉。

那幾乎是一種本能，當廟宇公告進香的時間。祖母拉著我的手走近，她幾乎全神貫注像是祈求神明般的虔誠，直盯著一張紅紙看了又看，祖母的臉上不免滑落一絲絲的失望，又是無奈的嘆下一口氣，轉而問年幼的我說：上面寫著什麼？我點點頭後，將目光望向當時甚覺高大的木頭紅漆公告板，上面有黑色墨汁凝結成一團又一團，我猶記自己努力拼湊，試圖回憶看電視卡通所學到的幾個字去妄圖解釋公告板上的奇異塗鴉，最終敗下陣的我，始終將那時對文字的苦惱連結起《百年孤寂》中老邦迪亞帶著兒子們去看冰塊的那個下午，在吉卜賽人帳篷中的那只冰涼箱子裡，有一塊巨大透明佈滿針狀又散出星光的糕餅，既冰冷又熱燙起老邦迪亞和小邦迪亞的心。

這是我們這個時代最偉大的發明？我想起老邦迪亞那章節的臺詞。

回憶聯結的，仍是祖母牽著我的手再度走入廟宇的那個下午，她在一場進香活動中報名了三個名額，像是圖符般被廟公寫在簿子裡（我只認出自己的名字）。旋即，祖母便將稍早面對公告上的失落一掃殆盡，她的嘴角浮出笑容，心裡想的是進香活動那天的行程。

後來，我躲在車上，我如何被祖母和姑姑拉下車……我害怕著鞭炮聲響起時，就代表進香團準備下車，我掙扎，一片轟然巨響後所產生的煙霧，彷彿把時間又推回了到達第一間廟的那時，人車似乎還在前進，在清晨濃霧裡。灰白色的煙在飄，前面那輛車裡的人全都已經站在一片雰霧裡，有人開始打鼓，有人敲著鑼，有人恭謹端起神明，有人舉著旗子，有人推著轎子……一面大鼓、數對鈸和幾面鑼，鏘鏘鏘在迷霧中，開始通風報信。

鞭炮則像是一種回應。

到達廟埕時，鞭炮聲會再度響起。

鑼鼓原本慵懶的聲音會因為家將或神轎的步伐開始飄移，鑼鼓隊的人也繃緊神經變得具有競爭的意味。他們很是積極開始敲起某種節奏，我便害怕到連心跳都不自覺去對應起那節奏，當鼓聲越敲越重，我的心越跳越快。沒一會兒的功夫，我就會吐倒在廟埕旁，眼神迷濛間，還看見與我一般年紀的孩子也敲著小鼓，直跟在父母的身邊。

表哥也是那樣長大的，跟著外婆到處進香，他後來在祖厝附近媽祖廟的太子團幫忙。他不跳大仙尪仔，他幫忙搬那些巨大的神偶，有太子爺造型、土地公造型和一身歷史痕跡卻難掩華彩服飾的千里眼和順風耳將軍（或稱水精和金精將軍）。

表哥也會幫忙放鞭炮，表哥也會幫忙敲鑼，表哥在進香活動中的角色並沒有固定，哪裡缺什麼他就能立馬化身成為哪種角色，一秒變身後旋即跟著身旁的人，有秩序的前進，慢慢往進香活動中的目的地廟宇行進。

表哥也會幫忙扛神轎，無論是站在前面的第一排位置還是第二排的位置，是後面的第一排位置抑或第二排位置，是中間輔助的那個角色，往左還是往右，進進退退，顧頂，顧底……表哥跟著神轎班的人在烈日下，扛著神轎為了慶祝神明生日或是到外縣市進香。

一陣煙霧散去後，當轎前鑼、開路鼓都散開了，表哥拿毛巾擦拭著被汗水浸溼的身體，有人發著飲料，有人還吃著沒吃完的便當，一陣吆喝聲中，人潮也散盡，表哥和幾個童年玩伴還回憶著方才發生不久的事情，幾個小時前的突發狀況，誰的肩膀扛到受傷，誰敲鑼亂敲，誰推著旗子走太快，他們以前小時候又是怎麼樣……他們邊笑邊一起走回家，他們都住在我外婆家附近，他們受媽祖廟的庇蔭而長大，他們早將廟裡的那些事情滾瓜爛熟在心底，他們的那些外籍妻子並不是很明白廟會活動，但她們知道媽祖，她們也敬畏神明，當她們把丈夫忙活一天的衣物都丟進洗衣機洗的時候，心裡還慶幸著丈夫參加廟會所穿的T恤，遠比他們去工地，做水電，裝機械，開垃圾車等等的衣服還要來得乾淨許多。

從小到大，我還是一直看著，從來只能在旁邊看著，猶若神轎像是船，那些物品有禁忌，不是女人可以接觸。女性因此成為一種禁忌，在我腦海中，打從很小的時候就浮現那樣的符號或圖騰，去象徵一種禁止的標誌，「我」自始至終被排除在外，只能看著。我是否因此感到鬆了一口氣？當我還是孩子的那時，在廟埕邊吐倒在地之前，望見的那些孩子，有男孩有女孩，全都只是孩子，他們在大人眼中並沒有性別，一個個自在登上了藝閣，坐在蜈蚣陣中，敲鑼，打鼓，直到長大的標籤把男孩女孩分開，女孩被隔離在陣頭外，直到二十一世紀來臨。

那裡對他們而言，就像是座女人島。他們不知道為什麼那些野蠻人會出現在那座島上，當那些金髮或紅毛還是碧眼的他們彷彿《百年孤寂》中的麥魁迪，在波斯患上玉米疹，在馬來群島罹患壞血病，在亞歷山大城逃過痲瘋的災難，在日本得過腳氣病，又在馬達加斯加碰上黑死病，經過地震中的西西里島，看見麥哲倫海峽上的沉船事件……許許多多的他們身穿天鵝絨甲冑褂子、高貴絲綢的上衣和驕傲的皮靴，猶若約翰・湯姆生在十九世紀踏上打狗的土地，還有人比他更早，早在十七世紀……早在元代就有人經商而通過那座島，那些人沒有多作停留，他們是汪大淵的船隊，他們得想盡辦法到處經商，當汪大淵寫下《島夷志》，最後只剩下《島夷志略》，裡頭那一團團黑墨凝結成一句奇異般的文字，描寫的是壽山，也就是柴山，「其峙山極高峻，自彭湖望之甚近。餘登此山，則觀海潮之消長，夜半則望暘穀之(日)出，紅光燭天，山頂為之俱明。」

那山上是否有海盜的寶藏？汪大淵的船隊持續往南開，他所嚮往的地方是沒有冰雪和飢寒之地。小冰河時期困擾廣大陸地之國多時，內陸世界只剩乾旱陪伴，沿海區域則深受大水潦苦，植物無法存活，動物餓得無以為繼，經商的團隊只能持續往南開，尋找能生存的契機。

那些有著異色毛髮和眼珠的他們，離開自己的國度，在小冰河時期的末端，遭受疾病之苦，他們需要奎寧，他們需要能種植金雞納樹的土地……無論是為了糖業、樟腦和茶葉——在那之前，在冰雪把歐洲凍僵之前，他們依循著原始文明的刀耕火種痕跡，沿著二氧化碳下所暖化的空氣，他們不知不覺到達美洲的土地，他們以為需要的是藥品，他們接著發現銀礦的祕密，他們想要的東西越來越多，他們需要生活所需的糖，他們需要建築和武器所用的樟腦，他們需要把茶葉銷售到那個越來越富裕文明的美洲，他們早就習慣像海盜般生活，不管天氣是否漸漸溫暖。

那是巨人所看守的海盜寶藏，箱子裡頭有巨大透明且冰涼的物體。

「這是世界上最大的鑽石。」老邦迪亞說。

冰塊，從來只是因為冰塊。

深海曾經籠罩著被稱作打狗的地域。當福爾摩沙諸港灣都在十九世紀逐漸失去功能時，打狗西南岸的潟湖對於那些異色毛髮和眼珠的他們而言，那裡是進出口貿易最佳的避風港，一條長形的天然珊瑚岬隔絕大海和潟湖已經準備好成為寬敞的港口。他們需要足夠的貨物去貿易，他們還發現長形竹筏自在於溪流中。他們把目光鎖定在打狗境內的一條特殊河流，那大溪由北往南至東港，那溪水流經茇濃、六龜，經鳳山出東港。那條溪所灌溉的平原往山邊蔓延，直到茇濃溪如天然的隘口。有人跟約翰・湯姆生說那時的府城並不平靜，約翰・湯姆生和馬雅各醫師只好沿著平埔族的區域移動，他們從拔馬（左鎮），進入木柵（內門），然後是柑仔林、甲仙埔（甲仙）、匏仔寮、茇濃和六龜里等地。他們一邊傳教一邊治療平埔族聚落裡的人民，約翰・湯姆生還因此留下打狗平埔族的圖譜，就在茇濃溪邊，使用火棉膠濕版攝影，將那早先的居民一一映入木製相機裡的玻璃底片。

那些攝影集和文字紀錄，都變成那個時代最偉大的發現——那些異色毛髮和眼珠的他們感受到野蠻人的親切，那些野蠻人因此有了名字，有了自己所屬的社名，有了酋長和首領，有了英雄，有了美麗的婦女，漸漸就有了人類的形體，不再是雞爪、鳥嘴且會吃人的魔鬼，也沒有了瑞士籍畫家在《東印度旅行記事》裡所寫道的人魚，更沒有撒瑪納札敘述的福爾摩沙。

那裡不過是一座擁有複雜地理的島嶼，任山稜線像是血管密布在島嶼的核心，往南往北往東往西去長出首尾和四肢，平原是溪流沖積而出，西部平坦的土地則來自「沉福建浮東京」一般的地理神話，異色毛髮和眼珠的他們已經不害怕了，他們進攻了打狗，沿岸的大傑顛社人據說因此入山，他們躲進了羅漢門，他們往山林裡頭繼續鑽，最後到達羅漢門外門，他們不知道那裡原本住著什麼樣的人，他們只知道自己被荷蘭人趕走了，他們恐怕也無法遇見，那塊位在楠梓仙溪和荖濃溪之間的土地上，曾經發生了什麼樣的故事……他們是後來的人只能看見接下來的故事，看旗山曾經指的是如今旗山區、美濃區、六龜區、甲仙區、杉林區、內門區、茂林區、桃源區和那瑪夏區等等土地。

大傑顛社人移入旗山的時候，旗山已經在楠梓仙溪旁的平原，續修臺灣府志載：「大傑顛社，今番民移隘口，進蕃薯寮。」

蕃薯寮在成為蕃薯寮之前，究竟是什麼模樣。康熙年間的施里莊就是現在的旗山，隸屬鳳山縣。雍正十二年改歸臺灣縣羅漢門外門。誰進了羅漢門的外門，又是為何進入。他們是大傑顛社人嗎？

更多人進入廣義的旗山範圍內，他們帶著開路鼓、一對鈸和兩面鑼，跟隨同鄉人的指引或是同鄉神明的指示，也可能是自家神明的示諭，那些人入了旗山的山林，逃避了外來者的入侵，躲過了民變和事變，他們還記得自己最初的來時路，一如六龜寶來社區的迎神鑼鼓陣又名開路鑼鼓陣，緣由據說始自臺南東山「羅家老祖宗」，發揚了源於東山十八層溪的鑼鼓，鑼鼓陣自有套路，鑼鼓齊鳴、迎神上陣、排兵佈陣、降妖伏魔、諄諄教誨、淨化人心、神鼓禮佛、恭送神佛。

她們是一群巫，她們放逐了男人，還是被男人放逐，她們還記得那些神歌要如何吟唱，她們最終成為那些神曲裡的過客或是神祉，只留下牽曲在大武壟的阿里關太祖夜祭、大武壟的荖濃太祖夜祭，看後來的人「牽番戲」，獻祭，飲酒，唱歌，跳舞……她們是否為太祖的七姊妹？沿著草東天梯而下凡，驚動了屋頂上的木刻鳥，鳥會告訴小林平埔族人，神將要降臨的訊息。

那年八八風災，無預警奪走了山林裡的眾多生靈，臺21線全程因風災早已沿著玉山山脈邊柔腸寸斷在島嶼的中心。姑姑走後那一年，我們一家沿著河谷，走著臺21線的殘骸，由玉山山脈入阿里山，一路往南，最後停留在甲仙的那一晚，抬頭在河岸邊，曾經看見會笑的月亮，鑲著金星和木星，兩顆晶亮亮的眼睛。

神走了，有些人走了，還是有許多人活了下來。荷蘭時代的遷徙、四社寮事件、噍吧哖事件（甲仙埔事件）和小林事件，逼迫平埔族從臺南的沿海到內陸，進六重溪，又沿著楠梓仙溪南下，最終看見，又有一些人直接從打狗開始上岸。

《山海經》的《中山經》敘述：首山神（鬼申）也，其祠用稌、黑犧、太牢之具……干儛，置鼓。

那些外來的人再度帶來了神的儀式，融合自家自社的儀式，以及原本在那塊土地上的儀式，一時鑼鼓喧天好不熱鬧……一如內門的鑼鼓陣有五陣：木柵青鑼鼓陣、長寮埔青鑼鼓陣、大林尾青鑼鼓陣、嶺頂青鑼鼓陣和草山青鑼鼓陣，其中木柵青鑼鼓陣屬於平埔族社文化融入的鑼鼓陣。

女生後來也可以加入陣頭，能扛神轎，也能出陣表演。我卻早過了孩童時的年紀，也離十幾歲青澀年少遙遠，終究只能在北管強烈演奏風格下的鑼鼓聲走避，偶爾看小丑和小旦以誇張對唱方式，一男一女演出車鼓陣。與鼓有關的陣頭，還有跳鼓陣，又名花鼓陣。《臺南縣志》寫道：「兩人一對手，一人持涼傘，一人抱大鼓，涼傘打迴旋，大鼓雙面打，邊打邊舞，另有打鑼手三、四人圍住大鼓，邊打邊舞之。」據說由來，一說是明鄭時期的比武競技，又說是元宵節慶祝戚繼光凱旋而歸的活動，後隨移民傳入臺灣。南管陣也有鑼鼓，節奏溫和，以音樂代替人吟唱歷史和神話。記得曾看過一篇報導文章，記者詢問老人家，為什麼學習音樂性質的陣頭。老人家回答記者時似乎說了，古老的樂譜、文字、老師、不會學壞的孩子和久遠的故事等等。

那是否僅僅是某一個時代的偉大發明……。

我在廟邊長大，我畏懼炮仔聲，也害怕鑼鼓的聲響，更怕流血的乩童和面露猙獰的家將，此時的我和站在廟邊公告欄認不齊字的我，似乎沒什麼不同。除了懂得公告板上的文字，也懂得分辨會讓我嘔吐的北管陣和溫和的南管陣，還變得越來越愛到廟邊湊熱鬧。

會開始寫入陣的故事，源於某位老人家從休息中的大仙尪仔頸項間，剝了一塊平安餅到我的手中，彷彿我仍是孩子般……我們永遠不會知道自己依然有多麼原始，無論是哪一時代的人，是文明人還是野蠻人，我們終究所求的，不過是平安度日。

我謝過那名老人家，靜靜聆聽鑼鼓聲再度響起……旋即，老人家指揮起年輕人把大仙尪仔戴上的那瞬間，我知道，神好像來了。
他們來了。
什麼來了？真的來了。

御旗之地

探茂林萬山岩雕，看上淡水社和塔樓社人拓展故事，追尋二層行溪以南的鳳山八社。

西螺福興宮大牌／謝宗榮提供

班雅明在〈駝背小人〉中寫道：「小時候，我外出散步時總喜歡透過地面上平鋪著的柵欄向裡窺視……這種溝是給位於深處地下室的天窗透氣和透光用的。這樣的天窗與其說是開向露天，還不如說是開向地底深處。」

深處裡，究竟有著什麼？

排灣族的神話描述著：小矮人原本是住在岩石下面的，後來他們逐漸高大，終至離開了深山岩石裡的地穴。

後來，小矮人呢？

那裡究竟是一個什麼樣的地方？

馬雅各醫師與必麒麟，入了芎蕉腳，那裡如今是甲仙大田的田寮仔，據說是平埔族最遠的聚落。芎蕉腳的平埔族必須跟深山裡的萬斗籠社和芒仔社對抗，他們總是小心翼翼收割在叢林前的稻田，不時擔憂著蓊鬱的山林內，有敵人的雙眼正環伺。

敵人究竟是怎麼出現的？芒仔社和萬斗籠社明明能跟芎蕉腳的朋友排剪社、美壠社和雁裡社結盟，他們還一起對抗東部強大的布農族。什麼是朋友？什麼又是敵人？世仇還是兄弟？他們全都待在荖濃的範圍內，雙方解下武器，暫時和平的進行交易。

十九世紀的氣候正在劇烈改變，黑熊沿著中央山脈南北遷徙，四大社番往南壓迫到四社熟番與當時稱為南鄒族，以及魯凱族的生存環境。下茄萣村落的祖先也從海上而至，他們居海濱，依賴海洋生存而信仰媽祖，金鑾宮的旗陣因此飛揚在茄萣地區，當「龍門陣」一出，重現了祖先當年乘風破浪的場景。海天一色下，風吹的是雲浪，還是浪花如白雲翻騰滔天，船也好似龍一般，潛伏暗濤洶湧中，伺機逃出風雲變色下。

老家早就是三步一小廟，五步一大廟的聚落。後來，宮廟仍然陸陸續續出現在生活周遭。那些宮廟不需要額外搭蓋建築物，宮廟都落榻在一般鄰家透天厝內，只需要在宮廟外插上一根高高的竹子，竹子上則綁著一面大大的旗子，一旁金爐邊，放置兵馬的白鐵小盒子外，也插著小小的旗子。

大廟外的五營也有旗子，沒有旗子也會有竹子包著紅布，書寫著五營的符令。廟內的五營則分別繫著青、紅、白、黑、黃旗，各屬於東、南、西、北、中營。五營的旗子在號令天上兵馬。繞境時，出現在香陣隊伍最前方的高高竹子，上端綁著的那面大黑旗，功用則是在於除穢，為神明淨場，開道。

至於位在神轎前的長方形旗子，由兩人抬著或推著的大旗，旗面有紅色或黃色，上面繡滿龍虎祥獸金絲銀線等華麗刺繡，旗子邊上還縫有流蘇，那是頭旗，是廟宇主神或宮廟神尊的廣告招牌，能告訴繞境沿途的信眾，經過的神明究竟是何許來歷。

一隊又一隊的繞境組織前方，也會有兩個人抬著或推著具有廣告意義的長方形旗子，那些旗子是銀色底，是螢光粉紅色的流蘇，也有的會縫上螢火蟲般綠光的縫線，那些旗子代表著各陣頭、法團、轎班會、八音、南管、北管、爐主會或聯境組織等等，那種旗子的名稱是管旗，用途在熱鬧的音樂聲中，靜靜讓浮出（伏在）旗子上的文字，去述說參與繞境盛會的組織，究竟有哪些團隊。

很多人都來了，有的跟隨著一面白色大旗，後來的，所乘坐的船艦上也有大大風帆就猶若白色大旗，他們跟隨的是羅盤和航海圖，他們還必須依靠有經驗的船伕，當他們從大船換至小舟，驟浪的黑水搖盪，他們各個在上岸之前，都曾歷經過九死一生的命運。

命運卻還受到什麼樣的牽制和指引……西元一七〇〇年，郁永河的《裨海紀遊》描述人一上岸就生病。藍鼎元的《平臺記略》裡記載：「康熙六十年臺灣癘疫盛行，從征將士冒炎威，宿風露。惡氣薰蒸，水土不服，疾病亡故者多。參將林政、王萬化，游擊許華，先後俱歿於軍。」他們似乎無計可施，除了隨身攜帶的香火袋，他們還投靠了當地的巫，那些巫師有的操法術，有的卜米卦，那些占卜後的結果就是藥單，他們因此得救，也可能再也回不了故鄉。

命運讓他們有的留下了，去看見原本住在那塊土地上的人。能以巫珠占卜的人因為留下，所以曾經看見那地底的深處……桑樹葉、祭祀小刀、葫蘆（或陶甕）、黑色圓珠和占卜之人，他們在夢境裡曾遇見過祖先的模樣，他們的祖先有的皮膚較為白皙，有的高大黝黑矗立山林，各個穿著各色的服飾，模樣像是預備趕赴一場盛宴。

那是成為巫的過程，準巫師會作夢。生病的人也在作夢，祈求神指引的人全都在一座島上作夢著。

班雅明的〈駝背小人〉中寫道：「傳說中臨死前眼前快速浮現的『整個世界』是由那小矮人從我們大家獲得的圖景組成的……他雖然已完成了他的使命……越過世紀的門檻對我輕聲叮嚀：可愛的小寶寶，唉，我求求你，請為駝背小人一起祈禱。」

小矮人也許離開了，還有許多人前仆後繼而來。

他們是紅毛親戚？他們的髮色成為了招牌，當必麒麟到達打狗，入了山，他一生所嚮往的玉山（莫里遜山），始終離他好遠好遠。他什麼都不知道，當他站在萬山山林裡，他以為自己終於目睹了一座島嶼最高的聖山。

所有人都無從知曉，往後的日子會變成什麼樣。必麒麟他們一行人當年只是路經茎濃溪流域的過客，芒仔社人卻因為他們而死傷不少在茎濃人的槍下。他們終究僅能感傷的回返府城，獻上祝福給他們曾經一面之緣的那些朋友。必麒麟的朋友們則還在木柵、六龜和茂林的路上，換取少許的火藥和漂亮的鈕扣。

有些人來了，然後離開。

有些人來了，卻選擇滯留。

山上的日子其實一直很不平靜，歐布諾伙部落的人娶了異族的女人當妻子，妻子煮了神聖的百步蛇，還日日吃下肚。歐布諾伙部落的人發現了異族女子的行徑，他們不願意原諒那名異族女子，異族女子只好停在孤巴察娥等待自己的丈夫。異族女子的丈夫始終沒有出現，傷心的異族女子開始在石頭上作畫，她從孤巴察娥畫到了塞依茂部落（由茂林到達桃源）。她是什麼時候畫下的？是五百年前到一千六百年間？當萬山部落從地底走出，當萬山部落的祖先到達桃源，當他們回頭看見地底還有其他的人，他們是有尾巴的人，萬山部落的祖先感到驚恐。就如他們一路遷徙所遇見的百步蛇，他們從恐懼到敬畏，過程中還學會了獻祭，他們逐漸遠離自己走出的那地底世界，他們學習在地表上生活，他們因為環境因素而搬離桃源，他們得打獵，他們歷經部落間的紛爭，他們像黑熊尋找青剛櫟樹果實蹤影般，他們最終以為能安穩在舊萬山部落，卻還是被遷徙到新的村落去生存。由桃源到茂林，從茂林回返桃源……哪裡才是故鄉。

沿著臺三線往北走，我的家落腳在荒涼的地方。那裡有幾間工廠，有幾間新蓋好的屋子，屋外有大多數為竹林的景色相伴。那是我人生中的第三個家，大門前的左方種植著一棵高大的柏樹，大門前的右方則是一片菜園，圍牆上則繞滿絲瓜。那裡據說是土丘上平緩的地方，山丘延著溪水往東走，地勢越來越高，我不知道為什麼父親會把家設置在那樣的地方，那地方還有個可怕的傳說，據說是番殺人的地方，又說是被殺的人等待著被一車一車從山林載下前，所必經之地。

我很害怕，不只是我，我的母親也相當害怕。我的父親來自一個同樣佈滿殺人和殺鬼傳說的竹林邊聚落，他在那座聚落曾遇見一隻狗。那隻狗有黑夜裡明亮星空般的眼睛，還有一身適合平埔族染色製衣的雪白犬毛，那隻狗的體型偏大，但五官那純正狐狸犬的模樣，讓牠看起來仍舊雄赳赳氣昂昂在一身因為流浪早已灰黃髒亂的身軀之上。父親喚了牠一聲，牠默默就跟著父親回家，從古老鬼魂竹林邊的聚落，鑽入那個年代常見的大大洗衣粉袋子。那是一只光滑的塑膠厚袋子，有繩子可以固定袋口。狗一路都沒有叫，在火車上一動也不敢動。父親抱著牠下車，然後把牠又安置在二手的白色偉士牌機車，牠依然在踏板上不敢亂動。直到父親騎了好久好久，中途間歇熄火了幾次，好不容易將牠從機車上抱下，父親鬆開了袋子，牠依然不敢輕舉妄動，直到父親又喚了牠一聲：「小白。」牠才緩緩由洗衣粉袋子爬出，然後抖一抖全身髒亂的犬毛，抬頭牠望見的，又是一座充滿鬼魂傳說的竹林邊聚落，牠很快便習慣了那裡的空氣，牠腳一抬，旋即大搖大擺住進了我家。

那是一座住著下山打拚的原住民和原本就存在該地平埔族的聚落，還有幾戶鄰居來自嘉義、臺南、高雄和屏東，也有外省軍籍的鄰居住在左右。在那聚落裡，一排房子大約有十戶人家，那地方共有四排房子和兩條巷弄，除此之外，不是工廠就是竹林，還有從山邊鑽出的溪流。我和狐狸犬小白就在那個世界裡兜兜轉轉，小白保護我在那座竹林裡探險，我們聽過獵人在遠處打獵的槍響，我們聽過鄰近山邊軍營的砲聲，小白就像是班雅明所說的精靈小矮人般，讓我看見了什麼，也遺漏了什麼……那是座屬於我和小白的世界，從大馬路邊斷開，由墓地隔絕，自省道裡斷裂，那個世界就那樣被阻隔在什麼之外，當我們一家搭上父親那輛二手常熄火的機車，噗噗噗由山邊去到城市，由竹林聚落回到外公家或祖父家……一直到小白生病離開，我們一家才決定搬離那山邊的聚落，至此，我所記憶過跟小白有關的那一切突然就消失了般，彷彿不曾存在。

那究竟是什麼樣的一群人，是一塊什麼樣的土地？

一群人來了，西元一七七六年，乾隆四十年，因協助滿清平朱一貴之亂，而被清朝皇帝封為千總的林桂山兄弟率族人入墾美濃已經度過四十年。蔡、鄭氏入墾旗山，也同樣經過了四十年。那時，原塔樓社人還居於現今美濃和龜、蛇山沿溪埔寮、金瓜寮至清水港一帶土地，而黃氏兄弟入墾旗山的日子則尚未到來。

旗子曾指引過旅人上岸，旗子在神明尊前不斷除穢擋煞，旗子後來最常成為自報名號的工具。張丙在一八三二年豎旗起義，以店仔口往北往南影響，一路都有人響應，同年十月十日燕巢角宿莊許成樹旗觀音山，四日後，許成與臺灣縣林海合攻岡山汛，一時間，暴民四起，義民為了捍衛家鄉而抵抗。莊丙、林牛於羅漢內門響應劉元明抵抗張丙同黨許成，命運最終把一群義民帶往了內門紫竹寺忠義祠內安奉。

保鄉衛民的宋江陣源於武術，宋江陣演化後的旗陣少見，旗子在武術團隊和其他陣頭依然擔任著領路的角色。

廟邊常見有旗子，黃色底和紅色文字的旗海，就像是路標，一路由省道指引至縣道、鄉道，風吹得那些旗子啪答啪答響，有的暫時傾斜，有的倒落在路旁，其他面旗子還是能指引著香客的車隊，過橋，轉彎，經由哪些道路，旗子驟然就轉化天兵天將般，是神的兵馬，駐足在廟宇的周圍，保護著整個村莊的安危，也維護著香客團體的安全。

平埔族的公廨外沒有旗子，長長的竹子就立在公廨屋外。有的公廨仍然是竹子造的，有的公廨仍位於竹林中。有什麼真的在那些竹林裡，讓那一座座竹林儼然就像是一大片的旗海。小時候，當風吹過家附近那座竹林，直喀喀響了起來的時候，母親總說：那是鬼來了的聲音。

必麒麟敘述過打狗是島嶼西部最南端的海港，風沙填滿了那座礁湖，幸而石灰岩構成的猴山（今壽山）和撒拉森山（今旗後山）間還有深水道，竹筏可至，那些載人和載貨的竹筏有時會揚起大大的竹帆。由岸上望見那些竹帆就知道又有人來了，那些可能是「紅毛」親戚，是那時候所說的漢人，是更多各種人聚集。

下茄萣的旗陣，早在金鑾宮第一科王醮就已經有出陣紀錄。茄萣所在位置，據說就是堯港內海，那裡有過繁華的港口，那裡有媽祖的香火袋庇佑，那裡早就失去竹林的蹤跡。

必麒麟兩次由海岸到山林，都經過惡地泥岩地形，那些不知何年何月打從中央山脈還在海底時，就因為海底崩流而大量沉積的泥岩，據說有四千公尺以上的厚度。將近四千公尺的玉山，是必麒麟一生所嚮往的仙境。他想像著有山谷，有急流，一片層峰疊嶂的碧綠深處，那最高的山峰頂端，終年覆蓋著輕柔的白雪，陽光在白雪下閃耀的晶瑩，輕盈得就像是雪白的羽毛在飄。他看見的是舊萬山部落所居住過的山林，但那裡究竟是哪裡，似乎對必麒麟並不重要。在他內心深處確信，他真的到過玉山，玉山就像是一面大旗，他終於到達了他的目的地。

萬山岩雕位於萬頭蘭山山坡，目前發現有三座岩雕，分別是具有誕生意象的孤巴察娥、氏群來源的祖布里里和氏族分支繁衍的莎娜奇勒娥。那裡曾是哪些人的起源地，抑或是目的地。

竹林裡的鬼並沒有出現在我童年的家園旁，從來只有風吹過。等風停了，母親又會說：鬼走了。我想鬼是離開了，從居住地再度搬遷。我們一家曾經路過某座生番和熟番交界的竹林聚落，我們是外來者，我們曾經駐足幾年，後來還是離開了。有某種指引，那就像是命運，讓生命一再遷徙。

很多年後，那座山邊的聚落也早就忘了巫和原住民的故事，無巫卜吉凶，人還是生病著，人還是求神問卜著，人相信自己就能跟神溝通，用香火、籤詩和筊杯。離開那裡之後，我目前住過最久的一處地點，那裡路衝的位置曾經存在過一座王爺宮廟，神明是由東港東隆宮分靈而至，在我搬離那地點之前，原本在那待了三十年的宮廟也無聲無息搬走了。

三十幾年過去，父親在街上巧遇過去的老鄰居，老鄰居一眼認出父親，父親卻茫然著老鄰居，老鄰居直笑著，他拉父親開始話說當年和後來，他說：竹林都消失了……。父親回頭望著老鄰居那過於立體的五官、黝黑的肌膚和高大的身軀，父親有些納悶，他竟從不曾疑心那位老鄰居的源起。

記憶裡，小時候曾和狐狸犬小白走入那竹林的深處，竹林裡有一座防空洞般的地域，看上去猶若大型水管插入山坡，水管外則有鐵欄杆，還有鐵門深鎖。後來的排水溝也做成那般造型，只是平鋪在地面上，厚重的鐵欄杆成為蓋子，遮住了原本可以抓到大肚魚的水溝，水溝從此變得更加幽深黑暗，也就更不知道，那地底，那竹林深處，究竟有過什麼。

大仙尪仔的旅行

大爺二爺由來、西秦王爺、土地公、陣頭的傳承和南北管之爭，歷史終致陣頭南遷與分化。

大仙尪仔千順將軍／吳漢恩提供

《古今事類全書》寫道：「昔顓頊氏有三子，亡而為疫鬼……於是以歲十二月，命祀官時儺，以索室中而驅疫鬼焉。」

災難總會過去，廟宇內的活動繼續流傳。

廟裡面所有人的神情是嚴肅的……當匾額被掛上，外來神轎的三進三退，出巡的神尊由正門被眾人簇擁而出，神明的誕辰祭儀等等。在那些時候，偶爾天空會是七彩的，雲朵裡彷彿有龍，廟宇會飛進許多蛾，還有蛇緩緩溜入祝壽……廟裡面的人對那些事很看重，他們各個神情專注執行每場活動的每一個環節，他們記錄，他們對外發表，當他們說起某場神明活動時，他們都好像還正看著當天裡的神奇景象。

有人闡述著……有人負責解譯。

真正能夠傳達神明旨意的乩身，已經一百多年沒有出現。有些廟的主神乩身，卻已經擔任了八十幾年，神無法讓那些乩身卸下重責，神據說找不到乩身。能傳遞神明旨意的人，必須具備善良、誠實、道德和負責任等特質，神只能找到廟公或廟祝，神偶爾會允許道士進入廟宇為民眾祈福，神也會讓那些能夠替人收驚的阿公或阿嬤進廟為大家服務，神也接納卜卦和算命的服務項目，那些為大眾服務也為神服務的人總會在儀式結束後，燒香請神多幫助眼前的信眾。

那些服務者是人。

有些人則是巫，巫能夠跟神，也能跟萬物交談，他們彷彿明瞭一塊土地最原始的聲音——巫據說會在某天醒來，發現手掌裡握有一顆巫珠，巫於是成為巫，巫是祭司，若《詩經》的《國風》．〈周風〉吟起：「麟之趾、振振公子。于嗟麟兮。麟之定、振振公姓。于嗟麟兮。麟之角、振振公族。于嗟麟兮。」是人舞著仁者象徵的麒麟在慶祝祭典，抑或是以麒麟教化人心仁心，感嘆是獸還是神。

我生處的時代，自以為離巫的神話遙遠。那意識到的距離之遙，就如同老家每條古早巷弄裡的老廟，當中的神似乎就如同家裡的長輩，是太祖、太公、阿公和阿嬤之類，路過的時候打聲招呼，然後就去上學，出外，返鄉。那些廟裡的主神仍舊如坐在騎樓吃飯的老人家一樣，神還是人都待在那像騎樓的地方，在日暮時分吹著風，看著外頭，乘涼。彷彿忘記了神的尊名，若從來不知曉祖先的名字，只知道稱謂和輩分，是永遠存在於家譜裡的祖先，是被記錄在地方志裡的神明，是那些巷弄聚落裡的第一批神明

（移民）……至於怎麼來的？那便是神話，如同創世的神話，人類是怎麼出現的。

為了甘蔗，日本人在南臺灣種下非洲來的鳳凰木。偶然瞥見馬來西亞街頭邊的高大鳳凰木，都以為是親切的景物。最初的鳳凰木就在橋頭糖廠裡，三棵現存胸圍最粗大的鳳凰木，或許就是第一批到達臺灣的鳳凰木。

第一批神明是何時上岸的？誰又是第一批帶著神明上岸的人？香火袋算不算神明的分身？誰又是那第一個戴著香火袋上到島嶼的人？

年幼的時候，根本看不見神轎裡的神明。對於一百公分以下的我，那時的神是一尊尊的木偶，那些木頭雕刻般的偶頭，大大的、圓圓的、方方的和長長的都有，那些神偶有的裝飾著假髮和假鬍鬚，有的則是用黃色長條形紙錢（篙錢）紮成頭髮。那些神偶都配戴帽子，有的帽子剛剛好，有的帽子比偶頭還大，有的帽子金光閃閃珠飾搖曳，有的帽子很舊很老還有炮竹燒灼過的痕跡。那些神偶的稱謂就是大仙尪仔，也是神將，又叫做童仔，也有人稱將爺，除了高大的神將，還有一人高的神偶，分別是招財與進寶神童、彌陀、濟公和土地公。那些神偶會在廟埕前走來走去，那些神偶會跟在繞境、出巡或進香的隊伍裡，那些神偶還曾經出現在菜市場內。那樣的神偶總是一身土地公的裝扮，土地公神偶還會掛上一串餅乾，那些神偶還揹著紅綵帶，那些神偶都托著缽，缽裡有零錢，只要鏘鐺投下零錢，穿著偶裝的人會用自己的手，從神偶服裝內伸出，然後輕輕扳下一塊餅乾，那些投零錢的大人會把餅乾遞給自己的孩子，彷彿那就是平安餅，孩子吃了就會平安，老人家吃了則延年益壽。

母親也曾經投過零錢給那樣的神偶，我止不住那渾身發抖，只因為看過故事書裡的懶女人脖子上掛著圓圓的餅，卻還是餓死了，年幼的我因此不當連結平安餅和懶女人的故事，就此對掛在脖子上的餅乾有著莫名的畏懼。

很多年後，朋友也對那神將有過畏懼，那是一尊不再跟隨廟會活動的土地公神將，神偶上的白眉毛和白鬍鬚卻莫名越來越長，直到科學化驗出黴菌之類的奇異巧合，朋友才不再恐懼那神偶。

神有著什麼樣的作用，曾經有過什麼樣的事蹟，帶來了什麼樣的故事……在廟邊成長的我也不知情，只知道某條巷子裡的主神真正的稱謂。神因此真成為那老街巷弄裡的祖先般，是十分年老的老人家，已經不需要負責照顧孩童，也不需要到田裡工作，再不需要負責家裡的任何事務，只消坐在門邊看日昇月落，偶爾叫喚起街上的兒孫輩們，不過就是那一句句，「毋通趴趴走（不要往外跑）」，「轉來囉（回來囉）」，「細膩（小心）」。

我阿公也會對我這麼喊道，當他越喊，我不知怎麼就越跑越遠，直到看見廟裡的神像，我莫名就趕緊乖乖回家。

正月會出現的神偶是財神爺，隨著元宵節的慶祝活動越來越多，有廟會的地方就有那些神將和神童出現。正月的燈節，源於漢朝。正月裡的時節本就是各族火節的慶祝活動，元宵節日的名字則始於漢朝，有一說燈火通達的黑夜，讓天神誤以為災難早降臨世間，人們因元宵提燈而拯救了世界。老家的元宵節放爆竹，後來都改成放炮城，三十六天罡和七十二地煞所組成的神奇數字一〇八，是炮架每層的沖天炮數量，沖天炮有十二公分恰好是十二個月的涵義，兩尺四的炮城則蘊含著二十四節氣的祝福。神將當中，唯有二尊神明能收炮，祂們分別是大爺和二爺，是王爺廟裡的韓德爺和盧清爺，祂們不是七爺和八爺，大爺和二爺在其他廟宇有另外的姓名和由來，總括大爺和二爺管陽，七爺和八爺管陰，八家將屬陰，傳說裡的大爺和二爺圓了犯人返家探親的心願，卻意外喪命。返家因雨遲歸的犯人們雖因守信而化為家將，卻因為害了大爺和二爺，所以在陣頭中，會迴避大爺和二爺神將。

正月一過，二月高雄旗山三農宮的神農大帝祭來臨。高雄旗山三農宮往彌陀進香繞境時，有范謝將軍的神將。姑姑過世那年的夏天，我曾經作過一個夢，夢裡我走到神農大帝廟前，心中懊惱著，為什麼從來沒想過要祈求神農大帝保佑生病的姑姑早日康復。原來，只記得農夫會在路過神農大帝廟時，進去祈求又名五穀大帝的神農大帝，年年豐收。

三月媽祖誕辰時節，千里眼和順風耳將軍的神將會隨行在伺。有的神將前，會有出現像雞毛撢子的器具列陣，那些是為了撐開路面上的障礙物，好讓神將順利通過的器具，看起來就像是法器。觀賞廟會活動的民眾透過那些雞毛撢子般的器具，遠遠探頭來者是何神將的時候，也知道路過該處的神明究竟是哪尊神尊。

「媽祖生」的三月時節，岡山會舉辦籮筐會。如同很久遠的年代，所謂的漢人、平埔族和原住民會在里山或里海交易，那樣的市集如同現今的早市、黃昏市場和夜市般，熱鬧不休的集會，混雜著廟會活動，總讓我想起廟熱鬧的時候，就會有人來放露天電影。

我還不會走路的襁褓時期，就被人揣在懷裡，直跟著一群拎著板凳的人走。攤販尚未擠滿廟前面那塊大大的空地，有人則從廟裡搬出一張張長條板凳，有人開著大大的貨車緩緩前來。一群人七嘴八舌談論著貨車裡的器具時，有人架起白色布幔，繩子就綁在後方有著大大紅柱的戲臺。我早已記不清，是先有戲臺，還是先有露天電影出現在廟埕裡。笨重的放映機被人小心撤下，貨車裡有幾卷鐵盒閃過銀亮亮的光。我不知道看過多少次的露天電影，卻總不記得電影內容。而那第一部被我記憶下的電影，叫做《霸王別姬》，劇中臺詞說過：「要想人前顯貴，必得人後受罪。」壓根子那時就沒聽懂，只認識飾演程蝶衣的張國榮，他不想當女兒身成為旦角，卻漸漸喜歡上自己的女裝樣，直到夢醒的前一刻，他才發現自己從來就是男兒身，他的夢注定破碎。

廟前面有演電影的，也有人唱歌仔戲，還有人叫了布袋戲團，祖母說那叫做扮仙。臺上的演員飾演著別人，他們真正的自已都坐在戲臺下，扮裝的扮裝，演奏的演奏。不懂音樂的童年，只覺得戲臺很吵，看戲的人也吵。唯一能忍受的是老家巷口的那團南管，聽起來典雅若涓涓細水滴過時間的縫隙。南管式微，北管相對於較早出現的南管，而被稱為北管。北管質獷像戰士般蒼涼，戲曲節奏濃烈因而適合神明戲，北管的戲曲就叫做亂彈戲，表演語言據說是講給神明聽的官話。無論是職業團還是子弟班，說著正音、官話的北管曾經叱吒全臺的廟會陣頭活動，大致來說，以「社」為名者多為福祿派，祀奉西秦王爺；以「堂」為名者多為西皮派，祀奉田都元帥。西皮派和福祿派時常因陣頭活動拚場，最後便淪為拼鬥。日本時代禁鼓樂政策的那段時光，北管逐漸被遺忘，取而代之的是電影，以黑白的影像搭配辯士解說，日子就那麼過去。

四月是王爺進香期。

五月五日慶端午。

六月城隍生。

八月義民節時，也有籠筐會。

九月太子爺誕辰，廟會活動更加熱鬧。哪吒的災難換來新生，八八風災後，災區等待著重生的故事。拉瑪達星星沿著荖濃溪走，到了六龜、寶來的山區，日警全面退出山林，在平地架起隘勇線。山林裡的拉瑪達星星做了自己和山林的英雄，獵人不能沒有獵槍，他以獵槍守衛著山林。臺東海端和高雄桃源的交界，是向陽山，布農族稱為蘭烏斯滔臘。那山名的由來是為了紀念不幸被凍死，從此無法開口（蘭烏）的獵人斯滔臘，一位獵人的故事就此長眠於向陽山冷峻的山稜線，就如相對於鳳山八社居於東部的布農族般，拉瑪達星星正是那般威武雄壯的山，震懾著高山以西。荖濃溪源於玉山、向陽山、馬西巴秀山和卑南主山等等壯闊高山，玉山登山步道便是沿著其支流楠梓仙溪開鑿。沒有溪流就沒有獵場，沒有獵場就沒有部落。二十年抵抗生涯過去了，拉瑪達星星終究沒能抵抗命運，他的家人生病了，他的家人需要巫幫忙治病。那是個連巫生病都必須吃藥的年代，早在「紅毛」親戚帶入奎寧等等西藥，巫似乎忘記了古老治病的方法。那是個不再以自然為神靈的時代，巫向日警出賣了拉瑪達星星，巫沒有救活任何人，拉瑪達星星因此遭日軍槍決。

在廟前面演戲的人、被人操縱著的布袋戲偶，以及扛著神將和神童的人，猶若遠古戴著獸角跳舞的巫，巫是祭祀者，跳舞是一種儀禮，獻祭的食物來自大自然，獻祭的對象亦是大自然，巫為了狩獵，為了豐收，而跳舞。巫也為了生存，而跳舞。

小發財車前的木偶劇團，名稱不再如最初那五洲文化園子弟體系下的掌中劇團有名，就算那一輛輛的小發財車原本真有名氣，當演出只剩下酬神的野臺機會，連路過的孩子也不敢多作停留。

神究竟是什麼？巫在向誰獻祭？

老家附近有三太子廟，童年的我騎著三輪車就能到達太子宮，祖廟附近的古巷是親戚的家，祖母教我先拜祖廟，再拜後來的大廟。我曾經在人生很茫然的時候，去到了三鳳宮，原本是路過，一想起老家太子宮，一股親切感油然而生便踏了進去。三鳳宮位在三鳳中街，早年名叫三塊厝街，源於三塊厝港。有了港口，廟宇自然興起，聚落自然形成。沒有港口就沒有街市，沒有街市就沒有廟。我向主神中壇元帥，也就是三太子李哪吒，擲過筊。神笑了笑，我只好鼓起勇氣去做我自己。

拉瑪達星星做成了拉瑪達星星，李哪吒也做成了李哪吒。

十月平埔夜祭，竹子成為了天梯，接引神從天上來到世間，歌聲於是成為最古老的魔法，吹起一陣奇異的風颳過山林。跳舞的人仿若把自己獻祭，腳踏著的土地，是天神賜予的土地，跳舞的人亦是祭祀者，一步一步跟土地溝通。

十一月近歲末，有平埔族過年的祭典，有義民爺的秋祭，也有送王船的儀式。災難總會過去，像海洋侵蝕過高雄的土地，海洋又還給高雄土地。

十二月送神，像是將老街裡的那些阿太、阿祖、阿公或阿嬤的古老神祇，送上遊覽車去進香般，神會啟程最初的起源，然後又回返落腳一生的地方，那樣的地方也可稱為家鄉。老家附近某條古老的巷弄中，還住著最初的移民。原本住在那港口邊的先住民是誰，是否為西拉雅某某社已經無從考據，但曾在那做過生意，中過秀才，開枝散葉後的移民子孫們，各個駝著背，起皺著臉龐，遙望巷口古老的廟宇，又低頭看地上鑲著古早照片裡的大仙尪仔，想起當年收丁口錢的盛況……廟會活動是何等熱鬧，人車熙來攘往。然而，還有人是巫，那巫曾下過咒，儘管被咒術傷害的人早已不在，故事卻流傳下來。

巫舞儺驅疫鬼，憑藉著大自然的力量，和神同一源頭的力量。神能召喚洪水，人請求巫跟神說，不要讓洪水沖走家園。

開始熟悉高雄的時候，總是很努力去記憶哪條路、哪些路口、紅綠燈的秒數、商店、百貨公司、風景名勝、捷運、公車、路邊的大樹、河流和那一條條通往山林的縣道。山上的道路狹窄，崎嶇在起起伏伏的山林間，那些石灰岩和泥質的山丘小小一座座都如溪流裡的饅頭。車子緩緩開，卻還是急急往上又往下鑽動，彷彿那些路是不適合的裝飾，山林像是大仙尪仔跳著舞著，路還是想盡辦法緊緊去抓著。

我認識的一個阿弟仔也是如此，他的身材瘦小，他的面孔老是呈現營養不良，指甲是蒼白的，雙頰和雙唇抑是。他卻執意要扛大仙尪仔，還要試著走得輕盈活潑。

他第一次熱昏倒的時候，醒來已經天黑，宮廟裡的人喊他去吃飯，他抱著一碗飯搖搖晃晃走出宮廟，遠方的公園傳來鏗鏗鏘鏘的扮仙聲音，是放錄音帶的，就連布袋戲也是放錄影帶的，風一吹，白色的布幔在夜空下飄。

雷音三太子之魂

羅漢門的故事、羅漢腳的由來、吳福生事件、黃教事件和濟貧院的歷史。

繞境中的三太子／吳漢恩提供

黃教生長的地方，也可以看見那種尖銳帶有鋸齒狀的山，樹木因此長得相當兇險，一株株如釘子被固定在那種「橫看成嶺側成峰」的地形，誰也來不及鋪上棧道，也不知道該為誰鋪設那通天道路，神彷彿就是忘了，大自然只留下釘子般的樹林，使勁攀在那厚厚一大層的礫岩層上。地震會讓那些礫岩層所形成的惡地瞬間就變成光禿禿的土地，洪水也會沖刷下草木，只留下鐵鏽般顏色的土壤，等陽光照射下，宛若是火在烤，地獄般的場景直讓黃教不寒而慄。

冬季的陽光和煦，水氣氤氳在火炎山礫岩惡地上，讓那些火紅的土壤都安靜得像是被烘焙過的咖啡豆，休眠在溪流平靜銀色的水盤上。黃教認得那山林的景致，跟他從家鄉望向遠方所能見著的連綿山峰景致一樣。黃教由車窗向外瞧，高雄六龜十八羅漢山的火炎山礫岩惡地，頓時讓他錯覺著，自己仍站在家門前。

那十八羅漢山就像是羅漢各個施展武功，矗立在荖濃溪邊，又像是六隻烏龜漫步在河床上。二層行溪上游險峻貫穿內門盆地地形，溪岸的兩側就如同由兩位羅漢矗立成門神狀，以雄偉的姿態把守著盆地。內門山坡地形難以種植，無法討生活的內門也因此變得易守難攻。黃教都讀過那些故事，朱一貴起事內門，朱一貴的黨羽又逃回內門。

黃教喜歡內門的舊稱，羅漢門。根據《臺灣府志》記載：「羅漢內門（今內門區）、外門田（今旗山區）、北大傑嶺社。」羅漢兩字，據說是大傑顛社語音譯。

黃教覺得羅漢兩字親切，怎樣唸都貼切著他是個留不住心愛之人的羅漢腳，他覺得自己都無所謂了。曾經他也不想當羅漢腳，但他心愛的女人就是不嫁給他，黃教因此成為無某（沒有妻子）的羅漢腳，他還無所事事到處流浪。黃教沒有固定職業，他沒有妻子，他不想待在家裡，也不知道自己將來欲往何方。

乾隆三十二年，黃教事件結束，臺灣知府為安定社會秩序，立碑：「祇因城隍市鎮，人民雜處，多有游手好閒、不事生業，賭蕩之徒日作。近有無賴棍徒，混號『羅漢腳』……」羅漢腳一詞，便是從那時開始有所紀錄。

黃教是怎麼變成羅漢腳的？他跟著一群人蹲在人力公司的外頭，等公司的車子載他去上工，沒有人叫他名字的那一整天，黃教只好在傍晚騎著摩托車離開，他一個人入羅漢門閒晃。那樣的黃教，並不是乾隆年間的黃教。但無論他喚作何名，似乎都沒什麼差別，他一如黃教，在父母眼中是個問題孩子。他還很慶幸他的父親早逝，他也省得去心煩他那脾氣暴躁的父親……他父親又會如何操鐵條，甩鐵鍊，把他捆在樹上打。他畢竟沒有他父親那般高大身材，他圖有容貌似他父親，原本蒼白肌膚也因為終日遊走烈日下，好不容易曬成跟他父親幾乎相似的黝黑膚色。黃教也不是很明瞭自己的心態，或許變成了他父親，他就能像他父親那般操著鐵條，甩著鐵鍊，他還能逃離那棵曾經捆綁住他的老樹。可他也許又不想成為他父親，他也想過那或許是他心愛女人無法嫁給他的原因。

黃教就那麼慢慢變成羅漢腳，羅漢腳又稱游民。

黃教猶若魚在家鄉游動起，鄉里的人難免說話了。黃教思索：他是否也能像他父親一樣，操著鐵條，甩著鐵鍊，然後……黃教沒有他父親魁梧的身形，黃教跟鄉里的青年們體型一般，不用兩、三個人就能夠將黃教撂倒。黃教只好開始游，往外游，他想游到一個沒有人認識他的地方，那麼是不是他就可以繼續當個問題學生，成為問題少年，最後淪為社會的問題。黃教不知道自己的問題在哪？他懵懵懂懂開始接觸陣頭，是因為可以出陣賺錢。

一開始沒有混音的電子樂聲，只有鑼鼓在響，鞭炮聲炸滿四周，黃教好不容易才學會七星步，任兩隻長長的神將手臂左右搖擺。神將是一種木頭尫仔的巨大神祇，當各路神明出巡時，神將就在兩側護駕。神將的身長約有成人的兩倍高，神將的外表與寺廟內奉祀的神像幾乎一樣。依神像放大的神將，內部是中空的，由一人躲在裡面以肩扛抬，行進時極盡所能讓神將雙手能大幅晃動，神將因而能表演出誇張動作，以顯示神將的威嚴。黃教搖搖晃晃在南部山林邊，在玉山山脈、關山、三叉山、塔關山、溪南山、大鬼湖、東藤枝山、鳴海山、白雲山、西阿里關山、尾寮山、玉穗山、新望嶺山、頭剪山、旗尾山、觀音山、大崗山、烏夫冬山、我丹山和美輪山等等，徘徊在山林間，抱著神將依偎在卡車車斗上，顛著顛著。黃教開始注意到由外縣市逐漸風行起的電音三太子陣頭，那些神童團所扛的神童木偶會滑步，會跳街舞，還戴上白色大大手套，偶頭大大的，眼睛大大的，嘴巴笑得大大的，酒窩也是大大的。那些電音三太子跟著流行音樂跳起流行的舞步，漸漸行過二仁溪、典寶溪、寶來溪、幸福川、後勁溪、愛河、拉克斯溪、拉庫音溪、旗山溪、曹公圳、楠梓坑溪、濁口溪、美濃溪、荖濃溪、阿公店溪、高屏溪和鳳山溪。祂們來了，為了驅瘟、除魔、禳災和哄路過陣頭的小孩，祂們不僅除煞，祈福，還能出國表演，也能參加比賽。

黃教雙眼直楞楞看著那些走七星花步的電音三太子，那彷彿就像是一支出眾的兵馬，是能征善討的驍騎隊。黃教行走在鑼鼓陣中，他不知道前方的戰況如何。黃教推著旗子走，他得聽命在什麼時間到達什麼地點。黃教舞龍在眾人之中，他們伺機觀察情況。黃教只能看著別人舞獅，他不敢在高樁上跳來跳去，更沒有靈巧的身形能夠去活靈活現在獅頭下。黃教看著扛轎的人，把轎子一丟，就在路邊打架。黃教很怕家將拿五寶劈打到自己流血，更怕家將兇惡的臉去震懾住進香路途中的那些人或鬼。而武陣裡的人踩著高蹺，拿著武器，彷彿隨時都能迎陣殺敵。黃教瞧著電音三太子團，他們策馬而過，他們紮下營跳出祭儀般的舞蹈，他們身上的盔甲金光銀光閃閃，頭冠和配飾五彩繽紛耀眼，他們完全攫住所有人的目光，他們的一顰一笑都能眩惑著人或鬼的意志，他們旋轉，他們跳躍，他們彷彿可以隨時舞出致命的一劍，輕易便把人或鬼全都收服。

黃教想收服他心愛之人的真心，他渴望再遇見能讓他心動的女子，他盼望能在心愛的那名女子面前，他能走路像電音三太子那般有風，他想表演，想固定成為電音三太子團演出。他不想再蹲在某處等待，他想天天都能坐著車，抱著那些絢麗迷人的電音三太子神偶，就那麼依偎在卡車的車斗上，他時睡時醒，他每天都因為忙碌而微笑。

古時候黃教的那個時代，黃教又是怎麼進入岡山。鄭氏王朝遺留下的蔡機功，又是如何潛伏到小崗山。沿著臺一線，吳福生和朱一貴舊部再度集結於大崗山……鄭軍部眾曾逃往臺三線一帶的內門……朱一貴起事於內門。清朝奏摺錄副記載：「外門東北，地名東方木燒羹寮界外荒埔，皆可墾作田園，無業游民，時時覬覦，前往私墾，屢經嚴拏禁止，時緣該地與生番僅隔一溪，內地民人在彼立庄開墾，生番以逼近彼社，處加擾害，即時出焚殺。」《臺灣通史》中的〈朱一貴列傳〉寫道：「治盟歃者數十人，違禁入山伐竹數百人，眾莫可訴。」他們來了，來了，進入當時的窮山惡地裡，他們因而才能一日三餐，求得一粥兩飯，粥裡盡是地瓜，菜色是鹽瓜或醬菜，穿著粗葛織成的短衣和水褲，羅漢腳們暫時歇腳，給那群無視禁令入山的人在山林裡種菜，養雞鴨，捕魚，還成為那群人的傭兵。

草刀、鐮刀、鋤柄和畚箕，各角勢庄頭的人只能武裝起來。他們抵抗民變，他們加入民變，他們因原居住地省籍的問題而戰，他們因鄭氏王朝的土地而戰，他們因生活而戰，他們因天災人禍而戰。西元一八三二年，臺灣夏季大旱，二期稻作無收，到處都是饑民流竄，店仔口因運米外售事件，導致張丙起事，南路觀音山人士許成豎旗觀音山。許成在楠梓召募饑民為傭兵，繼續攻鳳山。一時偽義軍四起，高雄以南亂成一團，終至無家可歸的人流浪府城。張丙和許成因此兵敗如山倒，原義軍裡的人則流浪為土匪，預備入羅漢門。羅漢門裡的人民奮起轉為義士，群起抵抗，民變結束後，義士五十二名奉祀於內門紫竹寺忠義祠。

事件一一落幕，羅漢腳們又回到城市或山林，羅漢腳們繼續睡在神像腳下，他們仍期待著一日三餐、一飯二粥、廟會活動後的魚肉，想著想著就作夢，睡睡醒醒後，繼續著羅漢腳日復一日的生活。

黃教暫時住在朋友家，他朋友家設有宮廟，他朋友一家兄弟姊妹平時去外縣市上班，他們假日才會回家幫忙廟會活動。他朋友的父親則是幫神像修理神衣的老師傅，他朋友的父親還有一團老朋友，他們會修理兩百多年前的神冠，也會以古老技術製造精美的神像配飾。有的宮廟嫌人工貴，評估價格後，便找了翻模或現貨取代。黃教跟著他朋友父親工作過一陣子，那份薪水尚堪能養活一個老人，卻不能養活如黃教那樣年紀的人，黃教只好又去蹲在臨時派遣人力公司前，然後等待下一次的廟會慶典到來，黃教又能幫忙出陣。

黃教出紅陣頭，也出黑陣頭。黃教一日參加繞境廟會活動，又一日參與喪葬儀式的活動。只要出陣就有便當可以領，有活動T恤可以穿，還有工錢可以拿。有些寺廟還會日日在傍晚發放善粥，宗教機構仍如過去清代裡黃教那時的濟貧機構，有的稱為養濟院，有的喚作普濟堂，有的名稱為丐院，又有棲留所、留養院和孤老院，最後都成為乞食寮。清朝時期，因此出現官方受職的丐首，丐首負責管理游民。為了維護社會秩序，無論婚喪喜慶，人人協助保留宴席的座位給游民，把神鬼開路和路祭的重煞工作都交給游民。

黃教的朋友也有人在跳電音三太子，一開始他們都是神童團的人，單純扮三太子神將，有人當金吒，有人當木吒，有人當哪吒。只有兩個人的時候，就扮濟公和哪吒。三太子神將必須頭戴髮帶，身圍肚兜，腳跨鈴鐺。三太子神將踩七星步，以之字型前進，先往左前方跑跳幾步，身體下壓，武器下插，然後快速提腿旋轉，便代表著北斗七星中的一顆星。接著，三太子神將再往右前方，以同樣的方式動作，一共反覆七次，表示三太子神將踩過七星。

黃教的朋友和一般上班族無異，平日早上六點醒來，他為全家做早餐的時候，他妻子早就出門去擠牛奶，他妻子擠完牛奶還會到工廠上班，他則負責叫醒兩個小孩，督促兩個小孩開始刷牙洗臉，換上制服，提起書包到廚房，他一邊吼一邊把早餐吃下肚，菜色通常是不怎麼好吃的荷包蛋、烤焦土司和一杯牛奶。他始終像是一名軍官催促著他那兩個小兵般的孩子，要孩子趕緊吃完早餐，要孩子揹起書包戴上安全帽，要孩子趕快坐上他的機車，他得盡快把孩子送上學去，然後趕往上班的路途。

三太子神將的出陣音樂是以鐘、鎛、鑼、踅、嗩吶、鼓為主，也就是北管八音。太子團跟著音樂移動，又是七星花步，又是臺客舞蹈，也有異國流行音樂。哪吒身穿黃色戰甲，背插五營旗，左手拿鐵製圓環，右手持槍，哪吒神偶開始旋轉跳躍，有時候像是在跟路邊的孩子們玩剪刀石頭布，有時咬著奶嘴笑，有時吃白白手套上的胖胖手指，有時裝可愛與民眾拍照。

黃教的朋友有時候會跟黃教說：五人隊形還差一人。黃教就會去扮成佛經所說的毗沙門天王五太子，分別為一禪爾只、二獨健、三哪吒物拔羅、四鳩拔羅和五甘露。

五位神將的尪仔頭，分別是以二金二黑一粉為組合。也有另一種說法，哪吒為中壇元帥（中營元帥），與四營的張聖者、蕭聖者、劉聖者、連聖者合為五營。五營以中為統帥，統攝東南西北。因此五人隊形的太子造型也有以五行五色做為區隔，東方木綠色、南方火紅色、西方金金色、北方水黑色，中央土土色或肉色。加上螢光或夜光的裝飾，五太子的造型，則分別為金螢光橘、木螢光綠、水銀白、火螢光粉紅和土螢光黃。

黃教舉目張望，紅色燈籠裝飾在廟宇四周的道路邊，燈籠下有旗子繞滿整個境角，廟裡的人員出發去收丁口錢的時候，還有許多人志願出資贊助活動，不管是久久一次的繞境，還是例行性進香的活動，廟前面的紅紙寫著公告，黃紙則寫著贊助人、廠商、組織和公司名稱與金額。黃教跟著許多人搬桌子和供品，有的人負責拍照記錄，有的人負責擺放祭祀的鮮花和酒水，有車子運來花圈和花環，有車子載來更多的神轎和神尊……黃教看著目不轉睛，他不記得自己在那些廟宇忙了多久……吃飯時間一到，就會有人來煮飯，也會有人送便當，黃教不是盛著米粉配貢丸湯，就是吃著便當，身旁擺著鋁罐飲料。他汗水涔涔，白色的汗衫早都佈滿黃黃的垢漬和香腳紅紅的染色，有人喚他去拿活動T恤，有人叫他去拿布鞋，有人……他還記得他當兵前暗戀的那個對象，白白乾淨的臉龐，不怎麼愛說話的一個女孩，黃教得找很多話跟那女孩聊，聊著聊著，他們便寂靜坐在河堤邊。黃教依稀記得他自己和他父親最後一次吃飯就是在新訓中心，他父親一口氣吞掉新訓中心裡的一盒米粉，他父親沒跟他說什麼，他父親轉頭要離開之前，黃教似乎感覺到他父親那時的心情複雜。

鞭炮聲燃起的白色煙霧在搖晃，神轎和扛轎的人也在海浪一般的煙霧裡，像是一艘艘的船隻搖晃。黃教趕緊跟上去，踩起七星步，左跳右跳也跟著晃。很多人聚集在廟埕前，有人看戲，有人指揮，有人喊著讓開，有人在吹哨子，有人持續放著煙火和鞭炮，黃教一邊旋轉一邊往前走，回頭，廟宇落在茫茫海一般的白煙後頭，像是一座很寂靜的島嶼，目送一艘艘船熱熱鬧鬧離開。

黃教突然憶起自己的家鄉，附近也有座廟宇，母親進香回家時，會遞給他一包大大的油炸餅乾。他父親當時默默幫他母親把其他東西提進家門的臉龐，就像家門口望出去的遠方山峰，他父親那極不協調的體貼動作，曾經刻劃成火炎山礫岩層上的溝谷。翠綠都安靜成灰黑的冬天，有沉睡的種子在那些溝谷中，等待春雨後的發芽契機。

他終究不是那個在十八世紀複雜山川裡行蹤飄忽的黃教仔，他後來在一份臨時工作中，遇見了他心儀的女子。他結婚那天，來幫忙的都是宮裡面的人和廟裡面的人。他們都笑著，沒有婚紗，只有幾道家常菜。

電子花車地圖

蕃薯寮、旗山圳、樟腦、甘蔗、香蕉、旗山糖廠、和東部掏金夢。

北港藝閣夜間遊境／謝宗榮提供

淺山丘陵間，大把大把巴掌大的野生樹葉竄出野草，猶若被人遺棄的聚落，人造物早已傾頹，曾經種下的植物攀著枯木，還繼續長著。鑽過還撐著的瓜棚架，經過幾棵木瓜樹旁，突然茂密著蕉葉的落單香蕉樹，常使我困惑許久，香蕉花開得很大，漸漸一定會結出纍纍的香蕉，那重量絕對會拖垮那棵香蕉樹，但那香蕉樹還是義無反顧生長著，花開得又紅又紫，燦爛得就像是整座淺山河谷裡的落日。

我在水溝邊等了很久，河水靜悄悄，宛若表哥牽著我蜿蜒匿躲在藤蔓下。表哥跟年幼的我說：不准開口說話。我們靜默等待，等大部分的日照都像是被土地給吸收之後，才看見溪水裡有肥美的魚在游動。水溝裡的青苔暗黑色，很像是魚的家一窩一窩隱蔽在樹葉下，參差在水泥溝渠下的污垢，有白色帶狀，也有白色星點狀，還有黃澄澄若泥土，和像是被打爛的芋頭葉陳屍在溝渠中。看那附近稻田灌溉渠道中的棕黑色覆蓋成一片海葵般的觸手，那是已然被染黑的水草生長其中，直在水流中招手，直是殷勤招呼路過的魚兒，或實則是捕籠草般的陷阱，準備蓄勢待發。

我看得怵目驚心，那水溝裡詭異的暗黑色，竟然有鮮肥魚兒的大片銀色光芒閃過。那些魚游得自在，絲毫不管水溝裡的骯髒，逕自便由高處往低處游去。表哥就等在一旁，等魚兒都看不清晃動的黑是水影還是人影，一個快狠準下手，表哥帶著一尾魚，緩緩離開水溝邊，往稻田外的馬路走去。鑼鼓聲響起，三月「媽祖生」的慶典沿著廟邊柏油路往外蔓延。某戶稻埕內有人請客，稻埕外有簡陋的舞臺，藍白色的帆布隔絕了後臺和前臺，有幾個女子擠在一塊，漸漸音樂聲響起，有人踩著細跟涼鞋走了出去，音樂聲是霓虹色的，舞臺上的燈光也是霓虹色的，夾雜著黃色燈泡，人在旋轉，舞臺正上方的銀色圓球也在旋轉，在天色逐漸昏暗的農村，土地是暗褐色的水流，黑夜是巴掌大的樹葉遮蔽了一尾又一尾穿上金色銀色鱗片般的人魚，她們開始扭腰擺臀，她們引吭高歌，她們……表哥趕緊拉著我離開，從詭異扭動的黑影下，遠離了黑暗水域。

旗山溪的溪水磅礴滾滾下山，左轉入二仁圳，自高處往下的地面水圳驟然一分為二，一邊入了旗山，一邊入了內門，水圳各自潛入地底，流過水泥遮掩的黑暗國度，行經稻田邊，經由水橋，出水路，兩旁植物紛雜，水流中夾帶著溪石，土壤淤積若真正的溪流，那是起自一九二五年設置過濾設施的旗山水道，在一九三〇年多了淨水池，在一九三三年改建引水渠道，後來又增設蓄水池，緩緩流經遊客人聲鼎沸的旗山老街，那裡好像有什麼改變，又像是一切都未曾改變。遠方的陡峭山勢光禿禿一片，由臺南連綿至高雄，把兩地切割開的二仁溪，是素蘭小姐出嫁陣的發源地，文、武陣據說各自由閩南地區入臺，因應環境情勢所新興的陣頭，則以文陣居多。文陣其中的歌舞陣，除了改編臺灣原住民舞蹈文化的原住民歌舞陣，另一個有名的歌舞陣頭，就是素蘭小姐出嫁陣。素蘭小姐出嫁陣源於一首日本曲，歌詞來自臺語電影的名曲，〈素蘭小姐要出嫁〉一時紅遍大街小巷，因此編入廟會歌舞陣中，從原本龐大隊伍的三十五人，漸漸成為七至十人為主，有人裝扮媒人婆，有人裝成轎夫，有人假裝伴郎，有人扮演素蘭小姐等等，他們一個個像演戲的演員扭腰擺臀在廟會陣頭中，他們也會跳土風舞的舞步，他們嘻笑怒罵在陣頭隊伍裡，他們看起來像是在遊行，猶如元宵節的花燈，閃爍著螢光粉紅和螢光綠的色彩。那些不自然的顏色，假扮成水族陣和藝閣，由來據說跟日本時代臺灣盛行的假裝行列有關，在元宵節般那樣的盛大慶典，假裝成各種行業的人，遊行在花燈奇異絢爛的光芒下，彷彿就成了所裝扮的日本神祉，跳起《日本書紀》裡的天鈿女命舞蹈，在天地開化前的原始石頭間（天岩戶），請求天照大神（太陽）再度降臨凡間。

一個個幽暗的箱子靜默在白天的廟埕前，從由人力扛起的南管樂曲藝閣，慢慢演化為牛車和木輪車載著，那一個個原本十二至十五歲的少年和少女，各自是素蘭陣中的媒婆、新娘、兩位舉頭燈少女、十四位手執竹板配合音樂打節拍的伴娘、兩名轎夫、十二人扛嫁妝、一位挑尿桶一對和兩位持武士刀的護衛。那樣的陣頭原只負責在廟會陣頭中的娛樂，唱民間喜愛或流行的小調，讓大家一起跟著唱唱跳跳，後來卻演變為電動花車上的歌仔戲，又演化為電動花車上的扭腰擺臀小姐，終至大型貨卡變身巨大舞臺上的天鈿女命，她們露出乳房，把褲子拉到股間，任舞臺上的木板被踩得咚咚響，令所有人都像是天照大神般好奇，天岩戶外究竟發生了什麼事——許多天鈿女命從幽暗的箱子舞出，走過廟埕，進入辦桌的場地，有人笑，有人紅著臉，有人不敢看，有人吹口哨……直到取締花車小姐暴露服裝和火辣艷舞的哨子聲被吹起，黑暗裡的那一箱箱俗艷的螢光才停止轉動，讓花車小姐身上金色銀色若鱗片般的清涼衣物，頓時黯然失色。

吉普車上的鋼管表演則更像極了早年人力扛的南管樂曲藝閣，以及後來演變的，那用牛車和木輪車載起歌舞小姐表演的陣頭。

香蕉也是用牛車和木輪車載的。

甘蔗早期也是用牛車和木輪車載的。

車子在林蔭小徑間，只看見荒涼的景象，灰濛濛的厚重泥岩和薄薄漫天吹起的砂岩，讓人彷彿置身幽深河谷，水流暫時消失，灰色的河床上有諸多魚穴般的地景和若柵欄陷阱的竹林和廢棄草寮。旗山舊名蕃薯寮，附近的田寮仍保留名為叛產仔的老地名（源於反亂事件後被沒收充公土地的稱謂），隱喻著淺山河谷曾有的遷徙故事，說明反抗外來者的命運不曾停歇在旗山附近。

紅磚、水泥瓦鐵皮工寮、土角厝、草寮和竹林，植物叢中有馬陸、蜈蚣、蚱蜢和天牛爬過，青蛙在水池邊叫著，穿山甲曾經據守在水邊，一一看著大傑顛社人來，看閩南聚落移入……私人製糖的糖廍歷史由清朝開始，在那彷彿什麼都沒有的灰色山林裡，緩緩燃起煮甘蔗的白煙，猶若那是淺山丘陵裡自然升起的雲霧。

白色大旗由海面飄至，那並不是平埔族人傳說的太上老君旗。那旗子上有紅色太陽，紅得就像是香蕉花綻放最燦爛的時刻。那些旗子所到之處，開始接手私人糖廍。旗山圳的開發由鹽水港製糖株式會社擴建，鹽水港製糖株式會社所屬糖廠——岸內糖廠就位於老家附近。岸內糖廠第二任廠長赴臺時，林少貓的同黨仍流竄南臺灣。早在林少貓答應開墾後壁林（今高雄小港區），著手經營水田、糖和酒的事業時，南臺灣的糖業早越見蓬勃發展。林少貓遭誘騙赴死後，所有矛頭都指向當時的高雄糖業大亨，其名下所經營的新興製糖會社，陌生於二戰後的臺灣。如今高雄只剩下橋頭糖廠，當捷運車上以臺語廣播著橋仔頭糖廠站，二號出口外的風景，仍若白旗紅日在風中飄揚般。巨大的古樟樹猶似神龍駐足昂首凝望歷史的流動，綠樹掩蔽起日本時代建築，防空洞是潛伏歷史脈動的水道，廢棄的鐵軌把一切隔絕在一幅幽深的古畫，那是十九世紀以來廣傳在太平洋上的粗糙木版畫，像極了日本的浮世繪，刻畫的線條倉促在熱帶風景中搖曳。

時空隨著小火車遠去，而在二十世紀末端，高雄糖業大亨留下的故事，僅剩下五塊厝的殭屍傳說。謠傳當年很不平靜，那私人墓園樹上都掛滿死貓，民俗中所說的九命怪貓都失去了生命，那麼肯定有著什麼東西想要復生，人們謠傳那墓園有蔭屍，人們描繪有多少道士前仆後繼，人們說著說著，殭屍的故事終究落幕。糖業早撤出高雄，旗山的作物也僅剩下香蕉聞名，沒有了甘蔗的蹤影。

乙未戰爭後，閩粵移民仍然在旗山惡鬥，旗山因此多出了一條水圳，流過期許太平的太平橋，看旗尾山美麗的山形和五分車的橋墩。

旗山溪像從玉山那片碩大葉子溢出的白色泡沫，緩緩由發源地玉山主峰西南坡，流灌霍匹亞（河表湖）山脈與內英山脈間，最終匯流荖濃溪，成為流域廣闊的高屏溪。相對於玉山主峰的氣宇軒昂，被鹿野忠雄稱為「妖異的峻嚴岩峰」玉山東峰，那若化石又似孤魂般的廢墟景象，暗灰色的斷崖破敗，都如玉山主峰西南坡發源而下的旗山溪所流經之地。由海洋所竄起的陸地地殼，上面覆蓋著古老地質演變的化石般場景，變質岩籠罩著高溫高壓劇烈活動過的蹤影，隨著太平洋海洋地殼隱沒在陸地地殼間，那相隔的花東縱谷，因此成為尋金人的熱搜地點。

西元一五〇〇年，葡萄牙人就已在臺灣東岸發現黃金，更記載著東海岸有一條名為 Rio Duero 的河流，意思是黃金河。西班牙人和荷蘭人也陸續來臺開採金礦，短期的探勘隨著時代結束。清光緒年間因為鐵路而發現的北部貴金屬礦產，才開啟了臺灣金礦的開發。日本時代沿著臺灣東部的立霧溪，嗅聞到黃金的氣息，那裡曾經有砂金，那裡的石頭亮晶晶在高山上，在無法撼動的大山山底，在黑色頁岩若鱗片般的石英點點下指引，那幽深黑暗的遙遠盡處，始終流傳著黃金傳說。

那是糖業移往菲律賓等地的開始，故鄉糖廠的鹽水港製糖株式會社也打算另謀出路，原本選定東部開採金礦……隨著二戰結束，白色紅日大旗遠去，黃金的夢終究是碎了一地。僅剩下糖業，煮糖的白煙嬝嬝，若乾冰在舞臺上的效果，提煉出的酒精中有光影搖曳，折射出的霓虹色彩，緩緩在糖廠裡旋轉。

旗山因甘蔗和香蕉取代了內門的地理位置，成為日本時代發展重點地域。境內媽祖文化興盛。一八二四年旗山天后宮建廟，每四年為期六天的巡境活動，由城隍爺開路，有外縣市和鄰近廟宇贊境，還會施放不再常見的篙仔炮，以及用藤架或竹架披絨布假扮的農耕牛，兩兩鬥牛在陣頭裡，形成逗趣的鬥牛陣。有陣頭就會有人，假扮成神的人紛紛在廟埕和沿途休息，辦桌文化的由來因此而生。「媽祖生」的流水席曾經遍布整個中南部，直到九二一地震過後，那象徵著農村文化的筵席習俗，嘎然而止於一個時代的結束。

地震和水災頻繁在二十一世紀初，我的心臟幾乎停止跳動，當水淹過我曾經熟悉的領域……《山、雲與蕃人》一書，鹿野忠雄描述：「一旦遇到豪雨的天氣，這裡會釀成什麼樣的巨災呢？」山林所畏懼的，的確是山崩石落和傾瀉而下的土石流，瞬間就會把天堂陷入地獄，會將擁有的希望轉變成失去一切的困境。文中敘述「玉山山神的確有凶暴的本性」，神彷彿還在原住民神話裡的那些高山境域，祂們的面容張牙齜嘴，祂們的冷酷就像是一道道深峻的岩溝，祂們的存在只是因為很久以前就出現在那些高山之中，任狂風把巨杉吹倒，任暴雨欺凌土地，任人類和動物遊走在山林邊際，祂們只是看著，像一座艱險的大山遠遠望著，土地像瀑布般滑落著歲月。

長大之後，很少再看見真人扭腰擺臀，然後顯露她們的乳房，在名為電子花車的舞臺上。透過攝影作品，見過沈昭良〈歌手與舞臺車〉系列，舞臺透出的藍色詭異在天色即將暗下的荒蕪田邊，土地也被舞臺映成一片電視劇中鬼出現的那種怪異綠色，那舞臺正中央的龍也是綠色的，遠方尚未日落的天空則隱隱約約透著香蕉花般的紅色和紫色。

電子花車女郎的裙子，流蘇像是魚的鱗片，突然就搖擺在家附近媽祖廟前的廟埕舞臺上。明明上一秒，主持人彷彿在結尾一整晚的活動，主持人交代起隔天一早的行程，又再度感謝媽祖和所有工作人員……音樂樂風一轉，女郎慢慢褪盡一身絢麗的鱗片般服裝，女郎還持續跳著，臺下的人仍目不轉睛看著，時間就像那舞臺正中央的圓球，不停在原地轉動。那一刻像是被凝滯的片段，彷彿就為永恆——天鈿女命似乎還在天岩戶前，請出天照大神。

假裝著神還是人？幾個路過的青少年一時興起，假裝是警察便吹起哨子。剎那間，臺上的女郎作鳥獸散去，所有人才若魂歸己身般，驟然清醒。演奏給神聽的南管樂曲繼續透過CD播放，廟埕前的小吃攤仍舊販賣著點心熱食，幾個孩子吵著要買玩具，大人們忙著點香，婆婆媽媽們雙手合十朝廟裡的媽祖神像拜了又拜。忙了一整天陣頭的工作人員，扛著自己的獅頭，收拾自己的舞扇，推著自己的鑼鼓，拿起自己的法器……完成一天扮神的工作之後，他們像人一樣行走在深夜的媽祖廟前路邊，讓長長的黑影在路燈下，把街道都交疊成一彎暗影浮動的水流。

八家將者

官將首、八家將、什家將和城隍十二司從祀神的源起。

嘉邑振裕堂八家將／吳漢恩提供

清代記載一座島上的原居住者為番，日本時代則記錄為蕃。他長得就像是一頭牛般，一頭不若黃牛高大，卻默默緊盯著腳步，小心翼翼在水田裡的水牛。他很小的時候就戴上紅線綁著樹葉的絭，那樹葉來自樹王身上，很多地方都有那樣的千年抑或百年古樹還是神樹。那些樹是島上平原倖存的歷史見證者，它們是茄苳，是榕樹，是高山原住民認知中屬於漢人靈魂的樹木，卻是山腰水潭邊的原住民認為能守護村落的靈樹，而那些僥倖活過歷史駐守在漢人聚落裡的靈樹，後來就被稱為樹王。古樹因此悄悄隱入王爺信仰的系統，漸漸成為某王爺的化身。

他相信王爺是他的契父，他就是神之子，他身為神明的孩子就該幫神明服務，他很早就跟著八家將的身邊繞啊繞，學八家將們轉圈，上下移動手的位置，拿扇子，還是枷鎖的，動作有什麼不同，他跳著，跳著……儺是什麼他不知道，他就那麼長大。一直以來，他努力記著自己的腳步，手要怎麼擺動，腳要往哪裡踏，一群人要如何移動，像一顆球同時旋轉，往前，後退，然後舞動在廟埕前。他覺得自己學得是一門功夫，如何把自己變成神將，他盡力揣摩每一次轉頭、擺頭，臉上神情要如何神似廟裡的木頭神偶。他相信只要自己扮得像，神將就會降臨，屆時他就是神將，他也就屬於神將，屬於神的一部分，那麼他就不再是他自己一個人。

他為什麼會變成自己一個人，他說不上來，儘管他家仍有母親和三個姊姊，三個姊姊結了婚且生了孩子後，又各自默默返回他出生的那個家。有時候，他覺得那些孩子也跟他一樣，從來就只是自己一個人。

啜泣的嬰兒聲驟然出現在他家，他家僅剩的母親和三個姊姊正在議論紛紛——有個新生的生命怎麼就屬於他了。他家另外那四個女人跟他說：他女朋友跑了，只留下這個嬰兒。他第一次抱起屬於他的軟綿綿生命，不知怎麼就哭了，他覺得那是一大片樹葉被紅線緊緊纏繞成巨大的拳，水嫩的臉龐緊緊依偎在他那黧黑的面孔，他霎時就成為一枚乾枯的拳，他的女兒則成為新換的拳般，他開始感謝他的契父。

縱使他什麼都無法瞭解，他所信仰的王爺系統從何而來，他所敬仰的神祉真正的身分，為什麼王爺廟會有隨侍的八家將……八家將所指為甘、柳、謝、范四大將軍與春、夏、秋、冬(何、張、徐、曹)四大帝君。四大將軍是八家將的主角，四大帝君則是配角。八家將中甘、柳將軍位於陣前，外手持扇，內手持戒棍，負責執行刑罰。甘將軍臉畫章魚足形目，柳將軍臉畫紅黑陰陽目。范、謝將軍就是一般人所說的七爺、八爺。謝將軍即七爺謝必安，又稱白無常，頭戴長帽，上書「一見大吉」，臉畫白底黑蝙蝠，吐長舌。范將軍即八爺范無救，又稱黑無常，頭戴圓帽，黑臉白睛，左握方牌上書「善惡分明」。八家將陣頭中，四大將軍進攻時走「七星步」，圍捕時擺「八卦陣」和「踏四門」。春、夏、秋、冬四大帝君，負責拷問犯人，臉上分別畫的是龍、鳥、虎、龜四種動物。八家將不只八個人，文差和武差職責大致上是文差負責接令，手執令牌，而武差負責傳令，手執令旗，兩者臉譜常見為白紅花臉和小蝙蝠臉，身穿虎皮衣。八家將陣頭執行的過程，主要有：主神下令，文差接令，武差傳令，謝范捉拿，甘柳刑罰，四季神拷問，文判錄口供，武判押罪犯。整套巡捕的方式，被研究者認為是清代縣署巡捕組織的神格化。

他始終熱愛他的八家將家族，他覺得自己時而是神能夠幫人除厄，時而是人又能服務廟宇內的雜事。他最不喜歡的事，就是待在工廠裡加班。他還沒當兵就在那間工廠上班，那間工廠裡的員工總是來來去去。當他退伍後又回去那間工廠上班時，完全沒料到，他會在幾年之後，成為那間工廠裡最資深的員工。他一個人在那間工廠負責維修機器，時常都能夠對著窗外發呆，除非有同事喊他去修理機臺。大部分的時間他一個人獨自在群體之外，在吵雜的機器聲和廣播聲之外，在堆高機進進出出的倉庫之外，卻在自然風能夠由鐵門大把大把灌入的入口處徘徊。主管們會對他微笑，然後拍拍他的肩膀要他乖一點，他也跟著笑一笑，從來也不知道為什麼要笑。當主管們從他身邊走開，他又是獨自一人晃著，等待廣播聲呼喚他的名字，他才姍姍走到暫時罷工等待他救援的機器旁，然後開始他那一天的工作。他也曾離開過那間工廠，他作過油漆工，他搭過輕鋼架，他也去其他機械工廠上班。

他最後還是又回到他最初打工的那間工廠，儘管他信仰的王爺曾降乩跟他說：那個地方不乾淨。他都知道的，會計小姐旁的行政助理位置，沒有人待得住，一個差點和他一樣成為既年輕卻是工廠資深員工之一的阿妹仔，最後也沒撐下去。他什麼都看不見，就像在扮八家將的時候，他真什麼都感覺不到，但是帶頭的四大將軍會引領其餘八家將的配角們行動，他因此跟著衝入某人的家，衝進某辦公大樓的停車場，衝向某一塊空地。

王爺曾要他換工作，他老闆也請過信任的某某師父對工廠內部做了些處理，他依然什麼也沒看到，那間工廠的員工仍舊來來去去。日復一日，他仍是那間工廠裡唯一的機器維修師傅，他最習慣在鐵門邊徘徊，有時候偷偷抽菸，有時候跟網友聊天。直到有人廣播他的名字，他慣性走到某一架機臺，他會對那些機器說話，他也會請王爺襄助，然後他拔掉電線，開始修理機器，當重新插電的那一刻，機器恢復正常，他又回到他的鐵門邊，有時站著，有時蹲下，有時望向門外，有時回頭瞅著整間工廠。他不知怎麼就蒼老了，他還記得他當兵前年紀小的模樣，幾個工廠裡的老師傅是如何同他開玩笑，他也曾被主管刁難過，他受不住欺負的時候就會朝主管們大叫。他像隻狗般由工廠脫逃之後，經理總會去安慰他回工廠，他還吼著，他怒目環視那些曾欺凌過他的人，然後弓著背像是隨時反撲的野獸，漸漸，他才學會安靜下他的憤怒。

跳八家將讓他安靜，儘管陣頭音樂乍聽之下很吵鬧，卻有其規律，腳步要踏在拍點上，手勢一出一入也得跟著節拍，他就那麼跳著跳著，像是跟著心臟的起伏動作，他把自己一整個人都融入陣頭中，根本聽不見老師傅在跟年輕人分享八家將和什家將的淵源有多複雜。有人認為家將源於什家將，什家將後來演化為八家將。八家將還是什家將，一說源於主神系統不同，八家將源於城隍信仰，什家將則來自五福王爺系統的驅鬼將軍，也就是起源於瘟神系統。家將是五福大帝的部將，其中普遍認為臺灣家將陣頭起於臺南全臺白龍庵家將團，又是由如意增壽堂什家將開始繁衍。最早的八家將文化，則來自一九一八年成立的嘉義七境慈濟宮駕前如意振裕堂，傳說源於白龍庵什家將，因應神格而演化。什家將還是八家將，家將團會開面，官將首也開面，會把臉譜化在真人臉上。青面損將軍和紅面增將軍原本是天地靈氣所化之二仙，為地藏王菩薩的護法將，後來隨著護法將增多，增損二位將軍因此成為眾官將之首，也就是官將首的由來。官將首為佛門護法，步伐陽剛，口中裝有獠牙，兩鬢長毛，法相威嚴。家將團為陰間差役，步伐陰柔，無獠牙和鬢毛。除卻家將，在家將團陣頭前擔任引導和勘察路況的隊伍，則稱為什役，也就是刑具爺，擔任者提握著刑具，引導家將團迴避喪家或拜廟行禮。什役有分開臉者和不開臉者，所挑刑具多至三十六種，分別為魚枷、筆、硯、手銬、藤條、繩索、鐵鍊、腳鐐和釘棍等等。他還是跳著，當有人為了私人因素還是拼陣緣故在打架，他還是一個人善盡著古老儺儀的形式，猶如遠古帶著野獸、妖物還是神靈面具的巫師。

《商書》言：「恆舞於宮，酣歌於室，時謂巫風。」他仍然跳著，所謂在國為「夏」、「頌」，在鄉則為「儺」、「蜡」，他就像是原始狩獵的獵人，跳著打獵所衍生而出的歌舞娛樂活動，一邊祈福，一邊驅厄。漸漸都成了方相氏，儘管周遭的陣頭都已經打架打成了「顓頊氏有三子亡而為疫鬼」，他還是跳著八家將，像是沉浸在自己的舞蹈表演中，是入了神，還是成了魔，他偶爾會旁騖。

他也經歷過跟著陣頭到處打架的日子，那時他覺得自己不是他自己的，是屬於一整個陣頭的。陣頭？他回頭去望一群打倒在地的年輕人，他就是曾相信那個地方收留了孤單的他。猶若是海上漂來的難民，一座島就這麼承認了那些漂來的生物或死器，一切盡歸屬於那座島了。他心裡有過一座島，是王爺廟還是王爺，或是陣頭。他信任他的那些夥伴就像是當年的西來庵，余清芳用信仰說服或者是威嚇了五福王爺的信眾，那座島漂上岸的是死亡氣息，是山林先發出的樟腦哀號，是四社熟番對上太陽旗的矛盾。甲仙事件爆發，所謂的甲仙埔平埔族人攻擊了大邱園、甲仙、阿里關、小林、蚊子只和河表湖等派出所，山雨欲來風滿樓，落葉多時的灰色枯竭了山林最後的氣息，預告著大武甕社人曾居住過的地方即將展開一場殘酷的災難。隔月，噍吧哖事件，起源於適合種甘蔗的玉井在不適合種稻米的情況下，長期遭到製糖會社的榨取，因此在歷經風災和蟲害的侵擾下，余清芳假借神明的符水把無辜的平民都送進了地獄，也把玉井的蔗農送進煉獄，更把大武甕社人的祖居地和棲息過的地方，全都燒毀成灰燼。誰喝下那靈符泡成的符水，讓手無寸鐵的人們提起鋤頭和鐮刀，憤而抵抗槍砲。

他時常都會驚醒，還會作著以前年少的噩夢……喝過多少酒，打過多少次他的女朋友，然後醉倒在路邊唱不成調的曲子，他還想著小時候就默記在心的八家將步伐，想著想著，他便哭了。半夢半醒，他勉強撐起身子，走路搖搖擺擺，眼睛時開時闔，努力想由陌生的路邊走回他母親和他三個姊姊所居住的那個家，卻早就分不清那是他們家第幾次的搬家，他那時的家又位在哪。

他女兒出現的那一天，他第一次覺得自己終於有了家，不再像是嘉義城隍廟旁育嬰堂那般孤苦無依的孩子，也不再若城隍廟左畔陰靈堂裡的孤魂野鬼，他從那時起，才開始屬於他自己。他心中開始浮現一座島，女兒的出現、他信仰的王爺、他熱愛的陣頭、他認神明作契父……和他自己一生的故事，都隨著海流緩緩漂上他自身所演繹而出的那座小島。他以那樣的小島去重新詮釋什家將、八家將，抑或城隍諸司裡的文武判官、范謝將軍、牛馬將軍、甘柳將軍、枷鎖將軍、日夜遊神和三司、六司、十二司、二十四司和三十六司等等。他不再喝酒，他不再走路搖搖擺擺，他不再隨意躺臥路邊，他開始聽老師傳說起王爺信仰中的五福王爺，聽五福王爺系統下的陽間神將韓盧將軍的故事，韓盧將軍又稱大爺、二爺，有一說指兩位將軍和范謝將軍的不同處，不只是日夜陰陽的差異，韓盧將軍還是二十四節氣神裡的小寒和清明之神。

他感嘆著四季將軍和節氣神逐漸消失在陣頭文化中，他卻還是跳著，然後想著，看他女兒在廟會活動的人群中，越長越大，還加入音樂性質的陣頭，協助廟會表演。他開始學會去笑，儘管不清楚祖先過去背負多大的哀傷，在他所不知道的那些被遺忘的歷史裡，還有四社寮和小林事件如何反抗外來者的欺壓，最終只留下地名，記錄著某某人死去的草地和公廨裡的「向水」如何克敵……有別於西來庵事件裡的符水，卻也連同西來庵事件一樣，不管是榮耀抗日，還是無辜被害，西來庵事件裡的西來庵也早已消失，齋教、道教和佛教的神祉混亂雜處在日本時代的眾神歸天計劃影響下，西來庵的五福王爺成為五福大帝，五福大帝的信仰則混淆著五顯大帝和五通神的系統。如今的西來庵家將有什家將：即拿板二將、謝范二將、四將和文武二判官。家將負責在神誕和巡境之時，行驅邪壓煞的功能。每年農曆六月逐疫，擇日繞境，連續三天，第二夜並殺生收毒，集諸血於桶內，名為千斤擔或五毒桶……《臺灣通史》曰：「越二日以紙糊一舟，大二丈，奉各紙像至船中……至海隅火之。」形式類王爺信仰中的送王船。臺灣民間信仰曰：北城隍，中媽祖，南王爺。家將團在高雄蓬勃發展，多與白龍庵、如意堂和五福大帝有關。

他仍在家將團裡跳著踏著，他女兒一下子在南管樂團演奏，一下子支援西樂隊……他一直後悔打跑了她女兒的母親（他當時的女朋友）。五福王爺從未後悔以身試毒救人，終至成為神。

神轎行走的路上

從五福大帝與五聖等神明的淵源，講述流浪神明渡海來臺，以及先民渡海開墾與現代移工渡海的故事。

炮陣迎神轎／吳漢恩提供

路

古老的碼頭已經湮沒在雜草間，水路都成為大排時隱時現在馬路旁，遁入田邊的野草叢中，有高大的蒲公英緩緩聚攏起一團白絮，不復存在能停泊船隻的灣口，只剩市場被留下，那裡的建築物很古老，有新有舊穿插在市場裡唯一通路的兩旁，路很小，小到連一輛汽車行進都有困難，市場卻每日仍很熱鬧，準時在天未亮白之前的五點，將一攤一攤的青菜和魚肉布置在小路的兩邊，緊靠著騎樓。

一名老人黑衫黑褲坐在騎樓下，所坐的椅子是籐編，椅腳較高，腳下有矮凳，老人拿的樂器，被母親認為是二胡，老人咿咿呀呀彈奏起，在離廟不遠的老市場。兩、三百年的媽祖廟距離溪邊不遠，四周道路原本應該都在水面下，慢慢淤積就成為了陸地，路因此衍生，沿著媽祖廟前的道路就能走進老市場那條小路，面容嚴肅謹慎的老人每天早上練習一把古老的樂器，還有其他穿黑衫黑褲的老人家們，他們昂挺著身子，坐在高高的籐椅上，有人吹著我以為的笛子，有人橫著彈奏琵琶，有人打著板子，有小小的鑼鏘鏘鏘，像是在提醒著什麼，或警示著什麼。

《黑暗傳》開場歌：「打開東門好跑馬，打開西門好耍槍，打開北門招歌郎，歌臺搭在樓中央……」

漢族最原始的神話記錄在《黑暗傳》中，有伏羲，有女媧，是古早的祭歌。神曲謝神，孝歌祭奠亡魂，開路關的頌禱，請神指路，引魂而過。

五人為一組，腳下墊金獅座，身坐太師椅，名為御前清客，行走入大門，文陣見之停，武陣也亦歇，梨園戲和歌仔戲必須立刻停下所有開演的戲碼，讓南管的音樂聲揚揚繞起，在四爪蟒黃梁傘下，有宮燈一對，彩牌和淨爐，南管陣由南管館閣出陣，以莊嚴的步伐慢慢往廟會活動前進。

很多年以後，我才知道那老市場裡的老人家們所演奏的樂曲稱為南管音樂，樂器有拍板、琵琶、三絃和二絃，小小的鑼為叫鑼，另有響盞和雙音，叫鑼旁有木魚，猶若廟裡道士敲木魚，擊磬，雙音長得就像是控制誦唸速度的銅磬。南管的靈魂是琵琶，我學過琵琶，卻怎麼都彈不出南管樂曲裡的宏亮。

拉二絃老人望的方向，正是舊水路的水流緩緩由溪邊流入市場旁稻田區域灌溉大排的位置，老人在一棟老舊西式透天建築物的騎樓下，目光越過紅磚屋修建後的水泥瓦，他的眼睛直往上凝望，彷彿越過建築物，雜草、水溝、溪流和傍晚落日投影成近處的遠邊海洋。老人家的眼睛一閉，拉二絃的力道開始伴隨著情緒。一個音一個音猶若步伐，躑躅不前的憂慮裡，有風聲，有水聲，有古人衣帶飄動的聲音，有衣裙漸漸凝滯；乍而有揮刀的聲音驟起，有大刀金屬鏗鏗聲響起，有感嘆的語句，有嚎叫的聲音，又小聲輕嘆著口氣；風繼續吹，雨點開始打落，衣裙在飄，衣帶在揚，僅剩風吹過湖面上的漣漪點點。老人的眼睛才緩緩打開，二絃的聲音漸漸停歇。

東漢王逸《楚辭章句》云：「楚國南部之邑，沅湘之間，其俗信鬼而好祠，其祠必作歌舞以娛神。」南管歷史淵遠悠長，相傳自後蜀孟昶後，南管館開始了春秋二祭，平時會有調整樂器的整絃大會，因應地域環境因素則會跟隨廟會出陣，南管樂也參加紅白場，且跟著遊行綵街。有港口就有南管館閣，有港口就會有人出現，有港口定會有經濟活動，有經濟活動就會有信仰，有信仰就會有音樂，南管館閣曾經矗立港口邊，也曾隱入廟宇。

《鳳山縣志》寫道：「打鼓港巨艦可通，而旗後、萬丹，水利能生三倍……海坪、魚塭，浩商掌而貼納本輕；灶戶、鹽埕，貨利多而征餉從薄……停山樵採其業，依水蜃蛤其家。城郭村莊，莿竹、珊瑚屏障；鄉閭洲麓，覆茅、編竹室廬。牛車任重、舟楫濟人，經商便於水陸……俗尚奢華，富豪更甚。番黎剃髮裸飾，盡為衣冠……。」

高雄茄萣位於島嶼西南沿海，二仁溪劃開了陸地的北端，臺十七線往南，興達港水域與之相望，興達港據說就是堯港內海的遺跡，島嶼的南部原有三大內海，倒風內海、臺江內海和堯港內海，內海就是潟湖，是沙洲地形，滄海轉眼就淪為桑田。茄萣原為濱外沙洲，不連續的沙洲群逐漸陸化為連島沙洲，三百年前始有漁民定居。茄萣媽祖的由來，跟船難有關。相對於臺南兩大內海泥沙淤積和波濤洶湧的驚險，海似乎漸漸平靜往南，波浪逐漸被真正的海域給吞噬。唐山的船隻漂至了茄萣，隨船守護航海平安的媽祖被解下後，便佇足在茄萣的砂丘，從此砂丘成為媽祖山，越來越多人因為媽祖而駐留茄萣。

《新唐書》〈王璵傳〉書寫廣德初年術士李國禎上書，要求在終南山上建神廟，還包括露臺的建築。露臺是搬演歌舞以酬神謝神娛神的地方。露臺之名源於《史記》〈孝文本紀〉：「孝文帝從代以來，即位二十三年，宮室苑囿狗馬服御無所增益，有不便，輒弛以利民。嘗欲作露臺，召匠計之，直百金。上曰：『百金，中民十家之產，吾奉先帝宮室，嘗恐羞之，何以臺為！』」而露臺也是《詩經．大雅》中，能「所以觀祲象、察氣之妖祥」的「靈臺」。有臺，才能在臺上舉行迎神祝禱等儀式，並且演奏樂舞感謝神明。最早的音樂存在於南管，早從漢代的絲竹樂相和，執拍板者歌唱，好似最早的戲曲演出。

母親出生的地方也是一座古老的碼頭邊，在那座城市裡的最後一間日本時代戲院中，在那舞臺上，演過所謂的高甲戲。高甲戲就是南管戲，文戲取材自梨園戲，武戲來自宋江陣。高甲戲沒落前，梨園戲曾是獻給媽祖最上乘的戲劇，分為大、小梨園戲，大梨園又有上路和下南腔，梨園戲也是一種南管戲，活躍在母親生長那座城市裡的清代，在大戶人家的臺上，在戲院的臺上……《裨海紀遊》記述：「肩披鬌髮耳垂璫，粉面朱唇似女郎；馬（媽）祖宮前鑼鼓鬧，侏離唱出下南腔。」戲院旁的廟宇佛寺沒有消失，演過南管戲的戲院卻早沒了蹤影。

神行

海邊的水泥堤防灰灰乾乾隔絕著灰灰黑黑的海水，一個浪打上水泥，灰灰黑黑的印漬在陽光下，很快便消失。在沒有綠草拂過的土地上，灰黃而有些蒼白的沙土乾燥著路地的景致，那種像石子一般的乾燥灰色，出現在海濱的鳥類身上，也在蝦蟹身上，以及稀疏樹林裡的昆蟲身上，彷彿化石般一動也不動，等待一陣風吹過，一個浪打上，鳥振翅，蝦蟹躲藏，昆蟲避走，那影子灰灰黑黑，就如水漬印上了陸地。

船搖搖晃晃彷彿長了腳，遠遠由藍到發黑的遠方水域，涉水而至。我看不見當年茄萣媽祖佇足媽祖山的景象，我看過故鄉關聖帝君的巨大神轎，遠遠由港口上岸的情景。那種巨大的神轎叫做輦宮，人力無法抬起輦宮。既為輦宮（輪車），就如神明的座車般，那以金漆裝飾紅色神轎的輦宮一離了船，從此就以車子的形式，行走在巷弄街道上。

一開始什麼都沒有，只有一座神像，有的是香火袋，有的是畫像，和人一樣都待在搖搖擺擺的船艙內，船吃力行過海水下的沙洲，若雙腳踩踏在泥濘裡，礁岩會割傷船的腳肢般，那礁岩和行走過礁岩的水流紊亂著踩踏過那水下沙洲的腳步，船顛顛簸簸著，一進一退。好不容易上岸的時候，人忘了神神自漂盪而靠岸或人帶著神繼續走，那時候什麼都沒有，沒有頂蓋，沒有布幔，沒有花綵，沒有裝飾，沒有龍柱，沒有鳳飾，沒有斗栱，沒有花窗，沒有匾額，沒有屋瓦和神座，沒有籐輿，也不會有輦轎。神有了廟才有神轎，神從此能出了廟，巡視所轄區域。

「五月十三人看人」的俗諺，源於霞海城隍廟繞境。神繞境的規模之所以能擴大，是因為陣頭的加入，陣頭行進在神轎前，告訴民眾：「神來了」。神像不能開口說話，扮神者也不能開口說話讓妖魔鬼怪發現是人所喬裝，音樂讓眾神得以開口，鼓提醒著速度，鑼控制著節奏，歌曲則敘述和神明有關的故事，音樂讓民眾琅琅上口。

故鄉隔壁鄉鎮有全島僅存的竹馬陣，竹馬陣以馬為首，分別由十二生肖扮演不同戲劇角色，竹馬陣表演配有音樂，歌曲類似南管唱曲，每曲分別展現特定劇情，表演內容則分為藝弄、歌曲和路曲。藝弄的一開始，由田督元帥率眾仙班祈福鎮邪。茄萣媽祖廟設有平劇社，平劇社的守護神正是田督元帥。金鑾宮起建王醮時，玉帝恩准設置四館樂社，平劇社由那時起成立，直至一九七七年颱風重創金鑾宮，四館樂社裡的平劇社和振樂軒暫離金鑾宮，等到一九九一年田都府設置，平劇社再度重振。

南管音樂脫離不了媽祖信仰，北管音樂的守護神為西秦王爺，北管是武樂，因此能撐起王爺信仰裡的音樂。振樂軒就是北管音樂，除了平劇社和振南社，茄萣金鑾宮還設有太平歌樂社，守護神正是金鑾宮方府千歲。

茄萣位於海邊，靠漁業發展，鎮日與船為伍行過海面，媽祖和王爺信仰因此成為茄萣的文化。頂茄萣的賜福宮供奉主神媽祖，還供奉朱李池吳范五府千歲。傳說五府千歲中的三尊王爺乘巨型三桅帆船而至，一近岸，三桅帆船頓時成為三枝短竹所製的竹筏，竹筏上則有三尊王爺像，四王來自民眾發願，五王則由二仁溪來。

二仁溪早在六千五百年前就為南島語族上岸的溪口，也是南島語族擴散發展的起源地，二仁溪的出海口為堯港，堯港最後的港口興達港就在茄萣區域。二仁溪原不僅是臺南和高雄的界溪，而是史前聚落發展的起源。日本人類學家伊能嘉矩認為二仁溪溪口南岸曾有大傑顛社，大傑顛社輾轉入了旗山和內門。沿著二仁溪往山上走，郭懷一事變、朱一貴事變、黃教事件一一影響著二仁溪的兩岸。二仁溪沿岸不僅有平埔族阿立祖信仰，也同時擁有根深柢固的王爺信仰。燒王船除瘟是為遊天河，二仁溪下游則有遊地河的王船，沿著溪水走。王船與王爺信仰密不可分，茄萣金鑾宮也有王船祭儀。王船是王爺的神轎般，往返人世與上蒼，藉由水和火，王爺押煞歸天，王爺重返人間。

五是王爺信仰裡的神奇數字，五王是王爺信仰裡最常見的王爺系統，分別是指五瘟使者的五府千歲與五福王爺（五靈公）。五福、五通、五聖……逐漸混淆在五顯大帝的信仰，五顯大帝為一神，神像呈現金臉或赤臉三眼，有菩薩和天王之名，護法於天界，亦說五顯大帝為佛教五位護法神，後有五嶽大帝信仰的混淆。五靈公信仰在清代因人倫為詐騙的手段，以五為名的王爺信仰，或許就是從那時開始混淆。

茄萣的海邊漁船進進出出，媽祖仍是海上最多人依靠的守護神，王爺則像是護法，守衛著海濱的安全。四館樂社的興起，跟不能出海捕魚的季節有關，漁民在閒暇之際，組成樂社，以神曲敬謝神明。

沒有曲譜，沒有文字，只有記憶在老人的心中，慢慢被拉起。當神上了神轎，當陣頭預備出發，當鞭炮聲響起，涼傘開始轉動，旗子昂首飛揚，音樂聲開始在花車上彈奏，錄音的音樂則在卡車上放送，廟裡的南管送神出巡，等待熱熱鬧鬧的繞境隊伍再返回廟宇，音樂聲又一次展開酬神謝神的旅行。

與音樂有關的陣頭，還有牛犁歌陣，以田督元帥為名，牛頭在前，旦、角戲弄身段，奏大廣絃、殼仔絃、三絃和笛子，一邊祈福，一邊謝神，神曲因此成為人跟神溝通的工具。

長袍馬褂、涼傘、宮燈、彩排旗、館篷和傢俬擔，南管的音樂在整絃起音之後，澄念了心境，開始述說給神明聽。彈撥吹奏中，當弓拉扯起二絃，信仰的心意全都灌注在音樂之中，也說給信徒聽。

老人不再黑衣黑衫坐在騎樓下，一個一個彈撥整絃在白日裡那又濕又滑的市場邊，看人群推擠在攤販下，胡蘿蔔、大白菜、高麗菜和老薑滿天飛，魚躺在鋪滿冰塊的竹篩上，肉在砧板前聽顧客跟老闆秤斤論兩，日常生活用品堆滿售貨棚間，汗水淋漓過小小的市場街道就像是一條又一條的水路，從歐巴桑的碎花上衣擰出，由少婦的白皙手臂沁出，自孩童舔食糖果的雙手流下，以及那滿臉滿身綴飾著汗珠的赤裸上身男體也成了某條溪流的水路。市場裡的水溝嘩啦啦，叫賣聲、吆喝聲和討價還價的聲音也跟著傾瀉在水溝中，彷彿海水仍覆蓋在那陸地上，溪流尚流過那路面，滄海，桑田。

老人家一位一位離去，取而代之的音樂，是市場攤販攜帶的播放器，從收音機、錄放音機、隨身聽，到藍芽音響……本地的漁工也漸漸減少，外籍漁工開始湧入。住在那樣地方的年輕人轉而去大城市工作，而移入那古老開墾區域的，多半是放假休息在岸上的移工。

音樂聲從移工的手機裡流洩而出那聽不懂的外國語言，彷彿也跟神曲一樣，節奏像是在祝禱，拍子猶若在祈福，移工跟著哼唱的神情像是在謝神，他們的思緒都融入音樂裡，去述說他們的故事。

移工有的是穆斯林，有的信仰上帝，有的需要祈禱室，有的需要唱聖歌，有的則唱起熟悉的音樂卻不是熟悉的歌詞，有的也學唱中文流行歌曲……彷彿唱著唱著，他們也能跟遠方的家鄉溝通，跟他們的信仰聯絡。

無法把琵琶彈好的我，每當經過火車站，看移工握著手機好似在吟唱歌曲的模樣，都會讓我回想到童年所見的某段市場時光，在那段歲月裡，我曾遇見過一群老人，他們演奏的音樂稱之為南管，那些樂器咿咿呀呀發出的聲響，使我不自覺停住腳步，然後得以想像那座市場原本的模樣……海曾經與陸地有多麼靠近，溪邊滿佈著多麼古老的聚落，媽祖廟原本又座落在什麼方位，什麼地方。

老人家們終究走了，他們曾經感謝的神祉依然在廟宇內，安安靜靜等待下次出巡或繞境的時刻到來。

煙霧裡的信眾

二仁溪遺址和
楠梓仙溪地理環境。

落地演出的歌仔戲「醉八仙」／謝宗榮提供

水

小時候，我慣用的是右眼，左眼很早就被診斷出先天性近視，然而醫生沒有任何建議，除了一年偶爾點過幾次的眼藥水，緩緩被滴入我的左眼，宛若雨絲墜入小小一池水窪般，那水珠瞬間溢滿了狹小的水池，我好像哭了。

廟裡濃厚的煙霧總使我想起點眼藥水的經驗，天生較為敏感的左眼老是在香火下的裊裊白煙裡，不自覺哭泣。透過眼中那窪水的折射，不管我多努力眨動眼睛，雨絲仍源源不絕般降下。在那樣的眼底，廟裡的金黃燭光都變成一道一道蜿蜒流動的金色小河，磨石子的神桌則成為水面下的石頭，一同漣漪神桌上的鮮花素果。一時，就連大人快步行過的腿腳也晃動為水影，影子夾雜著金紙上飄落的金箔和紙屑，地面是煙霧灰茫茫的水面，被人影錯落的藻井也灰茫茫在我的視線內，龍柱好似鋪滿青苔的石頭，被燃起的香，那白色的煙像水，把廟裡的人事物都淹沒在灰茫茫的水中般。

水在我祖母所住的村莊，可以用來作「向」。就如同佛寺裡的甘露水，「向」可以是淨水，是困住靈魂的法器，是詛咒，是神的力量。公廨內的壺甕都盛水，每逢初一、十五換水，壺口上插甘蔗葉、圓仔花或雞冠花等等。在阿立祖生日祭典會「開向」，很久以前還有「走向」的儀式。「走向」必須走到溪流或海邊去換水，就如漢人信仰中的請水儀式，皆是不忘舊本，念及祖先上岸的源頭，水就是神祉最原始的力量來源。不只是請水儀式，舊時平埔族的社民也有將供奉過的紙船放水流的儀式，後來則改為燒化升天的方式。二仁溪的平埔族隨清軍平亂進入內門木柵，也至土地大部分因叛亂而被充公的田寮。更早之前他們的祖先由臺南新市往南遷徙，進入後來漢人開墾的山區，看漢人的香火袋逐漸變成家祠、家廟，瞧漂流而至的神像有了廟宇能夠庇佑居民，其中以關公、玄天上帝、保生大帝、王爺、觀音和媽祖為主要信仰。這些信仰也都離不開水，請水、淨水和船，讓平埔族的信仰得以彼此融合，更龐大的聚落逐漸開展。

雨

有多少人曾經依水傍居過，二仁溪的歷史由六千五百年前開始說起。

六千五百年前的神是什麼樣子，那時的人類說著何種語言，他們腦中想過何事，當時又發生了什麼樣的狀況，讓他們到達六千五百年前的二仁溪，那時的二仁溪又是何種模樣。一萬兩千年前，上一次的冰期才剛結束，一萬一千年前的人類開始耕作並馴養動物，人類從此步向穩定的生活，直到環境驟變。很久以前的祖先和後代的子孫是否運用同一種語言，去敘述二仁溪的環境是青灰色泥岩層，那些來自海洋的土地，彷彿隨時都會被海要回去。二仁溪有豐富的史前遺址，中央山脈由陸地地殼和海洋地殼間升起……在遙遠的從前，大部分的土地都在海水下，經歷一次次的崩塌和沉積，最終浮上水面的西麓，除卻丘陵，就是海岸平原。彼此間隔著內門丘陵、鳳山臺地和高屏溪，海岸平原的區域散布著珊瑚礁所形成的山，大崗山、小崗山、柴山和半屏山等，還有泥火山。海彷彿還在那些沉積土壤之上，有水草在搖曳，有濕滑的岩石，有佈滿洞窟的礁岩，有魚在竄動，有水咕嚕咕嚕流過……水下的世界是青灰色的，越往深處游去，黑暗越加籠罩在四周，日光猶若被高大的水草遮蔽——樹林隱蔽著青灰色泥岩層，使人遺忘祖先為什麼會離開，沒有留下隻字片語，沒有洞穴可以繪製壁畫，沒有任何足以讓後人明瞭的訊息被發現，那樣的文化斷層，就像是地殼下錯落的斷層，在島上西南大灣低地裡蠢蠢欲動。

沒有足夠的資訊可以說明二仁溪的史前文明跟現今的居住者，是否有什麼樣的關聯。大坌坑文化粗繩紋陶的碎片散佈在二仁溪流域，乘著船上岸的人是否邊走邊找尋能夠定居的環境，或僅僅只是路過。灰黑色的海水在濤，濱外沙洲像大魚一般不時擺尾扭頭去更改沙洲上的地貌，獨木舟冒險進入潟湖的領域，直至再也無法依靠船隻得徒步行走的沼澤，那裡有神一般的蛇類，有能發出警示聲的神鳥，有粗大的藤蔓和高大的樹林掩蔽住日光，要走多遠的距離才算真正離開海濱的範圍，踏上安全足夠支撐聚落的生活地域。牛稠子文化的細緻繩紋紅陶陶器、水平斂口罐和橄欖石玄武岩石器由海岸平原的北部往南部分散，橄欖石玄武岩來自海上，要經過多久的時間，史前人類才敢從剛浮出海面的陸地往內陸前進。鳳鼻頭文化出現在丘陵，屬於新石器時代晚期，經過了幾百年還是一千年，砂岩和板岩石器成為日常生活所需的重要工具，仍有不少鳳鼻頭文化仍殘存在珊瑚礁岩隙下，他們是牛稠子文化的子孫嗎？還是又一批新的移民。鐵器時代來臨，讓蔦松文化蓬勃發展，精美的技術展現在夾砂紅褐色素面陶器、黑陶、石器、骨尖器和鐵刀，蔦松文化的遺址面積廣大，文化層深厚，代表著有龐大聚落的出現，那些聚落由海岸、臺地，上到了河階、殘丘和丘陵地區。他們曾經上山又下山，離了海又返回海岸，究竟有什麼因素讓他們選擇在什麼樣的區域生活，他們遺留的貝塚什麼也無法說。大湖文化少了植物性的遺留，他們的食物又變得以貝塚為主，彷彿離了農耕，開始以泥質製作灰黑陶器，是什麼原因讓他們曾上到山林去取得變質玄武岩製造石器，去匿躲在山林，或者那山林又變回海濱，直讓大湖文化降生在一堆貝殼化石區域內，說不清那些是食用過的貝塚，還是比他們更早之前上到高山的海底貝類生物化石。

人來來去去在二仁溪，大坌坑文化的人是否有跟牛稠子文化的人溝通，牛稠子文化的人是否留下什麼給鳳鼻頭文化的人，蔦松文化接收了誰的訊息，那樣的訊息又如何傳給平埔族——西拉雅？四社熟番？馬卡道？大湖文化孤單從海上漂流而至，帶著初生的豬崽，種植少量的稻米，敲擊玉管珠，是否也舞動過巴圖形石斧，猶若尚在海上漂盪的日子。

我在海面上遇過雨天，船像是被雨水所拋下的網子給網住，船身動彈不得在海浪上、海浪裡甚至海浪下反覆跳躍，雨絲都成為繩子聯繫著海水，慢慢就束縛住船隻。島嶼山林裡的暴雨驟然降下，就像河流從天而降。島上的山林就像船在漂蕩，水依然是繩子，把青灰色泥岩那來自海底的河流沖積，又拉回大海去。青灰色泥岩彷彿又回到遠古時代，泥岩區尚在海面下，海洋的河流持續沖刷著青灰色泥岩。

「這裡根本就不能住人。」

矗立在青灰色泥岩區的風景公園內，有遊客那麼說起。

大量含砂的河流、經常變動的河道和無法種植的青灰色泥岩，彷彿是上蒼留下的訊息，告訴人類說：這裡並不是適合居住的區域。

人還是住了進去，由茄萣開始往岸上走去，看二仁溪曾叫二層行溪、二贊行溪、岡山溪和大溪。在冬季季風強烈的吹拂下，深入海拔僅五百多公尺的山豬湖，望著泥沙滾滾的惡地，就此分界後，進入楠梓仙溪的領域，那裡是楠梓仙溪的中游，一樣有著泥岩，還有頁岩、砂岩和粉砂岩。地表依舊崎嶇破敗，猶若是海底的沉船般，漸漸生了鏽，失去原有顏色，等著風化後，隨時崩解在灰灰黑黑的天氣下，那裡沒有活著的海葵或珊瑚，魚僅在河水中游過，來自海洋的雨水嘩啦啦好似母親在召喚孩子們回家，青灰色泥岩一下子就被沖刷而下。

迷霧

那拔林位在臺一線和二仁溪間，那拔林庄園在湖內，那拔林的三興宮沿革謂：「本宮緣起於乾隆十八年癸酉七月公元一七五三年，朱李池王爺降神於那拔林顯靈救世……」那拔林還出現在「嚴禁惡丐強索潑擾碑記」中。三興宮遷村海浦庄北。《鳳山采訪冊》則言，那拔林還在二仁溪舊庄時，廟名原有另一宮名，主神為南鯤鯓五府千歲池王爺，與三興宮有出入。只能說那拔林早有王爺信仰，或許不只一間王爺廟。那拔林終究消失在二仁溪沿岸。那拔林不是特例，還有更多村莊移出二仁溪，又或者該說是二仁溪離開了自己的道路，另闢了水道。

聚落是何時由二仁溪往楠梓仙溪移動，俗稱乞丐的游民跟著官兵還是強盜，形成了民變，還是成為盜匪作亂，一一逃入山區。小冰河時期的水量並不充沛，乾旱過後，蝗蟲過境，一時民怨四起，官兵追捕，義士和盜匪都遁入山林。

楠梓仙溪的源頭佈滿雲杉和溫帶常綠闊葉林，樹形高大彷彿欲穿透雲霧高塔，雷聲一落，樹木乾枯若巴別塔般傾倒在玉山山域，成為荒涼淒苦的景象。楠梓仙溪源頭的森林是破碎的，白鼻心、黃喉貂和鳥類匿躲在殘缺的林蔭下，看偶爾經過的臺灣黑熊，夜晚的水邊總會遇見擁有火炬一般雙眼的水鹿，山羌小心翼翼穿過森林，臺灣長鬃山羊也靜默在岩石和樹叢間緩緩遷徙，臺灣獼猴則會在白日溪邊的森林鼓譟，彷彿樟腦寮還在林蔭下燒化著樹木的靈魂，森林發出悶悶的嘆息聲，就像水即將潰決前的那種聲響。

八八風災毫無預警所引發的大水，流過島嶼南部的陸地。就像母親所敘述的中部八七水災般，水遠遠從山邊而下，已經失去水的樣貌，那是一片厚厚灰灰的濃霧，從山上迅速往下翻滾，一路滾過了多少森林、動物棲息地、村莊、溪流，然後是堤岸兩邊，轉眼下降到平原上的土地。視線望不見那大水之中，無所能及的灰灰黑黑邊際。在黑黑天空的屋瓦下，建築物都變成長著青苔的巨大溪石般，汽機車也成為水面下的石頭，一同漣漪著水面載浮載沉的動植物、冰箱、廣告招牌、門、窗和水面下數不清的塑膠垃圾……人在水中行走，雨勢仍不停降落，陸地逐漸成為黃沙滾滾的泥流，毫無邊界成為海一般。那是水？是煙霧？是土地？許多人都在哭，在很多人結婚的那一天，村莊突然消失，好多人流下了眼淚。

祖先住過那個地方嗎？祖先後來是否離開？夜祭當天會吟唱歌謠「塔母勒」，唱完後，在二進二退的步伐中，即將離開公廨的男男女女緩緩唱出了「加拉哇兮」。古老的歌謠源於祖先傳唱於子孫，牽曲據說能夠告訴子孫，祖先從哪裡來，祖先歷經什麼樣的災難，祖先當年的故事，神是如何接納祖先，神如何協助祖先避難……。古老的語言早已遺佚，只記得那是祖先的歌曲，是神的曲調，後代子孫要唱給祖靈聽，唱給神聽，也要繼續唱給自己的兒孫聽。

那拉長的歌聲，究竟是什麼聲音？水聲轟隆隆，獸的哀鳴，神有著什麼模樣，祖先說的話應當以母音居多，粗曠的開口音尚未精細，慢慢沉潛到喉音，若獸的低鳴。

發源於遠古狩獵的儺戲，一開始說的也許是獸語，是妖魔鬼怪的語言。顓頊之後，方相氏一類所說的話，是神的語言還是人間帝王的語言，顓頊氏三子成疫鬼，鬼的語言是否融入了人類和神話的語脈。

楠梓仙溪由上游往中下游走，沿途的芒草灰灰白白在溪邊搖。如果祖先離開了，會往哪裡行去，往南還是往北？沿著溪流，芒草的灰灰白白似煙，好似在祭祀著土地，煙霧繚繞，楠梓仙溪的水氣一時白霧瀰漫……荷蘭人沿著興達港上岸，在大崗山攻擊搭加里揚社，隔年聖誕節之役，搭加里揚社沿著河流逃竄，海岸平原自此失去了平埔族的蹤影。大傑顛社在明鄭時期，由海濱退至大崗山、阿蓮，最後退居旗山。鳳山八社在清代，被迫東遷。楠梓仙溪的水，流過森林成為旗山溪，流經聚落而成高屏溪，那些水灰灰黑黑的，不若上游的高身　魚灰灰白白星點漣漪著楠梓仙溪，宛若廟裡香火的煙霧祭拜著水下的世界。水龍頭轉開的水灰灰黑黑在視線所及的邊際，彷彿海岸平原仍在海面下，早抬升水面的山脈望著還沉在水下的平原，就如我的左眼敏感在廟宇裊裊白煙。

歌聲

從小就喜歡看歌仔戲，廟裡的野臺戲也多數為歌仔戲，幾乎只有一臺布袋戲在邊邊角角孤寂的演出，我外婆也愛看歌仔戲，她看著看著就哭了，我外公總愛數落她：「做戲空，看戲憨。」外婆沒搭理外公，她總愛皺緊眉頭，繼續挨在廟邊，把一齣一齣的歌仔戲看完。

廟會活動中，曾經吸引多數人目光的陣頭，多半是演戲的陣頭。音樂性質的陣頭搭配歌唱，多半會演出劇情，天子門生陣頭說的是被丐幫所救的秀才，後來位居三公。從此丐幫以天子門生自居，天子門生陣頭因此成為乞丐陣頭的一種。過去，這座島上也有許多游民（乞丐），他們滋擾聚落，也被人救濟過，後來被允許在紅白陣頭內演出，他們曾唱出自己的心聲。

歌仔戲源於宜蘭的落地掃，吸收車鼓陣，取材自崑曲、高甲戲、北管戲和京劇等等，原來只是唱歌仔的小調，後來成為坐著清唱的簡單角色小戲，神仙故事、人間情愛、忠孝兩全、豪情仗義和命運乖舛……角色越來越多，豐富的劇情讓歌仔戲脫胎為大戲，觀眾看著看著就哭了，也笑了，歌仔戲因此成為酬神謝神的重要陣頭。

生長在一戰時期，經歷過二戰的外公愛看布袋戲，當歌仔戲躍上電視節目演出時，廟邊的布袋戲早已沒落，外公還是打著拍子，復誦著古音，布袋戲是他僅剩的知己。

當電視節目的歌仔戲一齣一齣消失之後，我幾乎忘記自己曾經很喜歡聽歌仔戲，看歌仔戲，只依稀記得，那時的廟會活動依然還演著觀眾越來越少駐足的布袋戲。很久以後的某一天，在中秋節的夜晚，為了消夜，我走入夜市，等在人聲鼎沸的攤位旁，忽然瞥見一臺布袋戲在廟邊演出，臺下沒有任何觀眾，酬神謝神的活動似乎最終回歸給神聽，給神看，無人停留。

當時，我突然想起人魚公主的童話，人魚的歌聲曾安慰過人魚，也曾指引在迷霧中茫然路途的人們。

我回憶起外公打著拍子，獨自靜默坐在布袋戲臺下的模樣，不自覺，我的左眼再度敏感，有雨水盈滿眼眶。

名為宋江

朱一貴事件、宋江陣與宋江獅陣。

宋江陣／謝宗榮提供

嗨，朱一貴，內門的天氣是典型的亞熱帶氣候，自史籍記載的歷史開端，內門未見霜雪，楠梓仙溪將內門分成東西兩邊，羅漢門內門在西邊，羅漢門外門包含內門東邊和旗山。羅漢也許源於平埔族的語言，羅漢傳說和沈光文有關，沈光文寫詩得罪鄭經，投身佛門後避居羅漢門，羅漢門謠傳因此而成為「羅漢」門，沈光文所寫〈番柑〉、〈番橘〉和〈番婦〉吟詠島嶼風土民情等詩作，《內門鄉誌》描述：〈番婦〉中的「同群擔負行」，那條路似乎就在觀音亭，那裡有路名就稱為番仔路。天氣並不是一直都如沈光文筆墨下那般青碧可人。聽說地球所在的銀河系，有一顆位在銀河核心的人馬座A星早就成為超質量的黑洞，曾經就打過一次大嗝，把銀河系核心的恆星都給吞沒。

嗨，朱一貴，你別嚇出一身冷汗。放心，老師在課堂上有說過，地球是位在銀河系的邊緣。太陽也許是銀河最後一批生成的恆星，所以這個資訊告訴我們，太陽其實還很年輕。或許是銀河系的核心黑洞一直在打嗝，地球身旁的太陽才會如此不穩定，太陽的黑子活動情況時動時靜，聽說那使得明代的天氣好不到哪裡去，據說北宋的天氣也苦於神出鬼沒的小冰期。那樣的日子裡，氣溫驟降，天候嚴寒，不下雪的地方也會佈滿霜雪，夏季則時旱時澇，讓大家苦不堪言。宋江率領三十六人就在那樣的氣候下，據北宋的淮南又上山東，其餘各地在官方文書的描述下，也都成為盜賊四起的情況。宋江是寇或是《水滸傳》中的英雄，還是天罡地煞裡排名第一的天魁星？星星是人嗎？老師說，我們現在所看到的星光都是恆久以前從遙遠的地方所綻放出的光芒，有些星星其實早就不復存在。

宋江已經不存在，但我一點都不會陌生於宋江的名字。嗨，朱一貴，你那時候聽過宋江嗎？以宋江為名的陣頭，據說源於鄭成功的部將避逃羅漢門，他們手持木棍和藤盾，慢慢發展成地方的武陣。宋江陣能夠鍛鍊身體以防守家園，宋江陣也能夠謝神娛人，宋江在一百零八條水滸好漢中，是代表著忠義雙全。什麼是忠，又何謂義？《說文解字》解釋忠為：敬也，從心，中聲。朱一貴，你那時候是怎麼想的呢？義，是指合宜的事情。大家都說你是一個任俠好義的人，所以你認為那時即將發生在你身上的事情，是合宜的……你順了天命，你讓鴨子排陣而行，你有皇帝嘴，你發了起兵三願，你當「三日皇帝」，你入了溝仔尾，最終成為「死路一條」。當孩童吟唱著：「頭戴明朝帽，身穿清朝衣，五月稱永和，六月還康熙。」朱一貴，你是怎麼想的呢？養鴨隨稻米收成而遷徙，你從下淡水往內門移動，當時一路所見的景象，跟我如今從屏東走入高雄的情景有何不同。成群的鴨子不再自由於水域間，鴨子被固定在某些地域，呱呱呱哪裡都去不了。你是看見了那樣的景象嗎？困難的生活、惡劣的環境、複雜的人心和無可奈何的時代，你因此投身起義，登基為義王，建國號為大明，立年號為永和。你心中所想，或許正是何年何月何日，才能有永久的和平。

一七二〇年的大地震，讓社會開始動盪。一七二一年春天，鳳山縣令出缺，臺灣知府王珍謀私利，竟派遣自己的兒子為鳳山知縣。不久後，島嶼再度發生地震，引起海嘯。朱一貴，你供詞稱：「因地震，海水冷漲，眾百姓合夥謝神唱戲。」王珍卻以無故結拜為由，隨便逮捕四十多人。王珍還抓入山砍竹子的百姓，無辜牽連高達兩百多人。只要那些被抓的人交錢，王珍就放人；不交錢的話，王珍就罰人杖打四十大板。王珍還私下課稅，民間所擁有的耕牛和糖鋪，若要使用就必須交錢才可營用。朱一貴，你說因此民怨四起，你還提起天地會……。那就是你所瞭解的南臺灣，小時候的我並不瞭解那樣的南臺灣，不知道你又是如何從岡山攻到諸羅山，我連走省道都會害怕迷路，連看著路標都感覺茫然。然而朱一貴，你是怎麼辦到的，破下淡水汛，入府城，開府庫安民，過程僅僅花了十三天。然後你又看見了什麼樣的景象，又是困難的生活、惡劣的環境、複雜的人心和無可奈何的時代，你仍然無法解決那時代的宿命，一切都跟你起義之前沒有什麼不同。你或許茫然了，就像我對自己的茫然。你永遠不知道太平盛世到來的時機，就如同我感受不到自己的命運。朱一貴，你的命運不得不走進溝仔尾，你因而暫時停歇。

嗨，朱一貴，你知道嗎？我生長的南臺灣，在我童年那時起，鄉鎮裡漸漸就只剩下老人和小孩，能夠工作的大人們全都出外，他們離鄉背井，去到我那時尚不明瞭的城市，和故鄉的距離也就越來越遠了。我蹲在收成後的稻田裡，那裡只有逐漸乾涸的泥巴，我玩得滿身髒兮兮，突然聽見祖母的呼喚，我抬頭望向祖母身後的那座鄉鎮，我驀然也覺得那座鄉鎮離我好遠好遠。我始終對土地保持著一種距離，彷彿那個地方不是我的故鄉，那麼我是否也就能夠更客觀去認清它。

漸漸，我從解考試的謎，破畢業的關卡，打成長所遇見的怪物，一點一滴長大過程裡所累積的，不過就是去熟悉和順應，這社會的制度、這環境下的規則和這人世間的虛擬和現實。我不喜歡網路上的世界被稱為虛擬，那裡真實是由一群人所建造，由一群真實的人在線上遊戲，在線上交談，在線上工作，在線上生活著，也在線上求籤，更在線上找尋各自的答案。

故鄉究竟是什麼？亞熱帶氣候又是什麼呢？我只知道高雄的夏天炎熱，夏秋多雨，冬季冷冽的風容易把地表吹得漸漸乾燥。內門看起來因此顯得荒涼蕭颯，就像遙遠的某顆孤單星球，原本存在於星球上的生命，多久之前開始一一離去。我也像是一顆孤單的星球，我曾經擁有的，也都一一失去。那些美好的記憶全像是遠古的星光，不復存在於現實，只在於我腦海所現。總舖師的文化漸漸侷限於最初的發源地，不再拓展。舞龍的陣頭變得少見，舞獅多半出現在百貨公司或是商店開張。我不甚熟悉七里響陣，七響源於乞丐所跳的拍胸舞，加入戲曲融合舞蹈表演，就成了天子門生、天子文生、乞食歌、乞丐婆子陣、狀元陣、天子門生七響陣、七響陣、七響曲、打七響和七里響等等，分為無劇情只舞不歌和有劇情載歌載舞，使用樂器為殼子弦、大管弦、月琴、笛、掽管、四塊、引磬，緩緩奏起〈七里香歌〉和〈陳三五娘〉等樂曲。七響陣在酬神時，通常會依附在車鼓陣、牛犁陣和桃花過渡陣等等。陣頭可以強身保家衛園，還可以謝神，娛樂在農閒時分。彷彿眼前的時空仍是朱一貴你那個時代，生活依然是困難的，環境同樣是惡劣的，人心越來越複雜難測，這時代仍舊是百般無奈所交織的無可奈何。

我祖母因此初一十五就去拜拜，我祖母還上菜堂念經，我長大之後，無論去到什麼地方，我莫名也都會走進廟裡，問廟公拜拜的注意事項，然後虔誠向廟裡的主神打招呼。我還會在線上擲筊求籤，然後看網路上的光明燈一盞一盞亮起。

很多年輕人都離開了祖父和祖母所居住的老家，那裡是他們成長的地方，他們需要工作，儘管工作的薪水剛好跟生活開銷打平，或者有的還缺了一點甚至入不敷出。生活多半是捉襟見肘著，只能從租屋的方向去解決，食物也能省下一點。我認識一個三餐只吃麵包的朋友，他是某間公司某單位的小主管，他有兩個孩子要養，他因此只能用他那骨瘦如柴的手指慢慢剝起麵包來吃，偶爾有人會請喝飲料，才看見他吃著麵包以外的食物，然後大口大口吸起奶茶裡的珍珠。

我工作覺得不順的時候，就會去找城隍爺聊天。那樣的習慣，緣於我的外婆，她認為一個地方的城隍爺就是該地的長老，長老是最有智慧，能為家族晚輩排憂解惑。臺南市小南城隍廟簡介敘述：「玉皇大帝感佩朱一貴忠義節烈的精神。敕封其為『臺南州城隍綏靖侯』……經觀世音菩薩點化須護持城隍爺光威城域……。」朱一貴因此成為小南城隍廟的現任二城隍，守護著府城。小南城隍廟附近原有義塚，又傳說朱一貴是由媽祖渡化為神。觀世音菩薩、媽祖、義士和眾神祉相互作用在南臺灣的信仰上，神源於家族傳承，神源於地方起義，神源於民族英雄，神源於時代，神源於孤苦無依的魂魄，神源於土地，神源於居住在那塊區域的人們，神就像是海，把過往發生的歷史，一點一滴若波若浪，慢慢就被撫平。

有時候會想忘記生活上的許多事，煩惱都像是波是浪，海嘯般襲擊起原本脆弱的心智。內門的西側以觀音佛祖信仰為主，內門的東側則主以媽祖信仰。內門以山屏障，護衛早期的移民，宋江陣更讓早期移民有能力守衛那時所說的番界。宋江陣基本陣式為拜旗、打圈、開四城門、乘龍捲水、穿中宮、蜈蚣陣、黃蜂結巢、黃蜂出巢、八卦陣和兵器表演等，以農具為表演的兵器，也就是傢俬，如今做為廟宇慶典活動。內門約有五十四個民俗陣頭，內門的觀音佛祖、媽祖和王爺廟很多，觀音佛祖遊庄更是熱鬧。宋江陣得在慶典前依禮儀開館團練，地方子弟得利用周休二日回鄉團練。將表演的器具，也就是傢俬貼上淨符，然後準備「過埕」，「過埕」是指到新舊紫竹寺，表演全套宋江陣給觀音佛祖先欣賞，然後依序探館、拜館、拜廟，直到謝館，宋江陣的表演才算是圓滿。

中埔埤仔墘宋江陣，腳踏正統三十六方位大八卦陣，手持黃旗黑面獅。中埔頭宋江陣的獅陣，有特殊表演，為感念保生大帝懸壺濟世，因此有「醫死獅」的絕技。柿子園龍陣取材自觀音菩薩普濟眾生有關的《西遊記》，多達一百多人的大陣，有豬八戒跳神桌，也有依風水而排的八卦陣。夏梅林宋江獅陣成立原因，當初是為了興蓋神農宮而向神農大帝發願，其獅陣有雙斧兵器，成為該獅陣的特色。內門宋江陣還有平埔宋江陣，也有女性參與其中，此外，以宋江為底的陣頭，名為宋江龍陣、宋江獅陣和宋江鶴陣。除了武陣還有文陣，天子門生、番路仔太平清歌陣、七里響、大鼓陣、跳鼓陣、桃花過渡陣、牛犁陣和南管陣等。陣頭讓人忘記勞動的疲累，達到運動健身的效果。陣頭也讓煩惱的波浪遁入神域的海，消失在團練的過程中。陣頭湧起的是波是浪，點點把過去的傳統文化拼湊回土地的記憶。陣頭的波浪一點一點滔著，讓出外的遊子仍記得家族和故鄉那片遼闊的大海。

開四城門、踏七星、蜈蚣陣、龍虎鬥、生死對、斬三腳虎、黃蜂出巢、大圓連環、套獅、兵器、空拳、丈二棍……七十二地煞和三十六天罡，宋江陣陣勢龐大，隨著神明活動巡庄，一庄拚過一庄，有少數人組成的陣頭，有曾經百餘人的陣勢，只見宋江獅陣以武功打出招式：獅尋場、單刀殺獅、雙劍殺獅、空拳打獅、鉸仔殺獅……。越來越多遊客聚集，他們以鏡頭去獵取陣頭裡的招式，如獅陣是真的獅子，若龍就是神龍，白鶴翩翩飛起，藤牌盾落下，大旗陣豎起，巡庄的路上，真有煞厄在竄逃般，宋江陣為神明開路，以壓災擋厄。那相機裡以神獵厄的瞬間都變成拍攝動物園般的照片，鏡頭攝錄下的是動物狩獵般的本能，是一雙雙似神的眼睛望著，是無形的煞氣，是人間。

龐大遊庄的陣頭需要進食，一大鍋好料配上白飯，就成為飯湯，也就是羅漢餐。以筍片、香菇、放山雞、肉羹、高麗菜、香菇和芹菜等等為主的羹湯，淋上熱騰騰的白飯，後來演變為遊客們也可以品嘗。羅漢餐是內門總舖師興盛的源頭，流水席伴隨著廟宇的慶祝活動出現。小時候，能吃上總舖師辦桌的料理，就堪稱此生無悔。總舖師的料理依舊好吃，天氣卻越來越炎熱，流水席的帆布悶熱，遇上大雨更是苦不堪言。困難的生活、惡劣的環境、複雜的人心和無可奈何的時代，在我長大的過程中，是越來越能感受當中的苦，人生原有酸甜苦辣，太多的苦讓我漸漸只想嘗甜的滋味。

嗨，朱一貴，你認為現在的人們相信神嗎？神原像是海洋，會滔起無數的酸甜苦辣，人們只好努力祈禱，讓甜的點點波或浪落在自己身上，再多的，也就無力可以思索。

我生長的南臺灣，曾經多以製糖為生。七星洋一帶原本是旗尾製糖所的土地，原本那七座土墩會被種滿甘蔗，但那七座土墩可是傳說中的七星墜地，整地的工人因此生病，負責的所長還應證了神靈的神聖能力。七座土墩據說是七顆流星墜地，七星石的傳說在南臺灣也形成了一種信仰上的傳奇。臺三線卻分開七星墜地的斗杓和斗口，一路由南往北竄，經過無數的龍脈，斷頭的斷頭，斷尾的斷尾，彷彿試著以地貌改變，去說明時代的遞嬗。

我在異鄉吃著羹湯的時候，老是回憶南臺灣的羹湯有多麼甜，那甜味來自鹹味的提升，猶若忙著操練陣頭的人所流下的汗滴，和那些幫忙煮食的義工所揮下的汗珠，眾人的汗水揮灑在帆布下，大家分工合作只為執行著廟宇內的大事，彷彿是在操持一家一族長老的壽宴般，但求盡心盡力，那便是忠的真諦。

我很喜歡那樣的慶典，總是努力讓自己沉浸在那樣的氛圍，也就會忘記了許多事，遺忘了要跟城隍抱怨的煩躁，也不復記憶那日復一日的苦。

羹類嘗起來要有酸，才顯得美味。一點點的苦韻留在舌根，才會去懷念舌尖所嘗到的甜。鹹甜鹹甜的羹配飯，才有滋味。朱一貴，你是否習慣了在這座島上的日子？我習慣了，卻還是不甚瞭解。你是否真養過鴨，你就是鴨母王嗎？過往的繁星是波是浪，宋江陣究竟源於水滸傳、少林寺、戚繼光抑或鄭成功，沒有人能說出標準答案。我仍在找尋這座島上的曾經，很高興認識你，朱一貴。

舞龍

蔡牽、張保仔和林道乾海盜的故事。

廟埕前的舞龍／謝宗榮提供

身形矮小，一頭長髮盤在腦後，或是一頭捲髮長度僅在耳下，她們還可能把頭髮燙得更捲，捲到像是戴著蕈傘的蕈菇。她們身上穿的衣服總花花綠綠，有碎花的樣式，有麵龜紅的顏色，也有髒髒灰灰的舊衣服，以至於看不出原本服裝的圖案。她們的皮膚黧黑早已瞧不出最初的膚色，她們的指甲很長很硬，還彎彎垂下，指甲溝槽裡沾有泥土，指甲甲片則呈中藥黃色。她們會用那雙手，做出很多外婆們才知曉的傳統點心，她們會煮很傳統的家常菜，她們會使用古老的大灶，也很懂得生火的技巧，她們可能是母親的姊姊或妹妹。當年邁的母親已經離去，她們卻仍然待在我們熟悉的地方，在外公外婆老家那陰暗的廚房盡處，她們會跟我們說很多話，聊很多以前發生過的事情，還為莫名說起我們從未聽過的故事……她們有時說著說著便哭泣，她們彷彿是固守在老家土地上的古老靈魂，幽幽說起一個家的傳說。

我有個阿姨就屬於這樣的人，她說的話總不清不楚，她說的話都跟她的人一樣，全都上了年紀。她不斷描述上個世紀某條溪邊的鬼故事，某座不存在古井邊的樹上有幽靈那種事情，她總是想起八七水災當年，她的妹妹依靠著一位留著好長白鬍子的老人，才得以從溪流北岸殘酷養母的家，逃回溪流南岸親生的家庭。

那樣的阿姨講古時，面無表情，宛若是養女湖傳說中，那逼養女嫁給自己兒子的養母，很是平靜述說著別人的痛處，說著說著便慢慢觸及自己的痛處，於是她們瞬間就變成養女湖傳說中那悲情的養女，她們的聲音如泣如訴，低鳴著過往的哀痛。

有時候我會去想，那樣的阿姨所說的，究竟有幾分真話……到頭來也無所思忖起任何線索，她們所說的那個年代畢竟太過遙遠，就像我站在嘉義那通往府城的古道上，也無法發現那窄仄的巷子，竟然曾經是府治大路。我想像著牛車要如何通過那樣的小路，朱一貴騎牛稱天子的時候，那能讓牛車行走的路據說就是那般滿布泥濘又狹窄。十八世紀的臺一線上，只見牛車行駛其間。十八世紀的島上卻來了個大人物。那個大人物名福康安，鹿港敕建媽祖廟有福康安的足跡。朱一貴有過一個追隨者，名叫李勇。竹山李勇廟紀念一名義士，也叫李勇。竹山李勇廟的李勇據說救過遊臺灣的嘉慶君，普遍大家認定嘉慶君沒到過臺灣，到臺灣的是福康安，有人說福康安是嘉慶君的兒子，凡福康安走過的地區都留下傳奇。

我那位阿姨好似散播鄉野傳奇，且以訛傳訛的說書人。她會說：怎麼證明嘉慶君沒到過臺灣？古代的皇帝微服出巡，有誰會真正留下記載？她還嚷著林道乾的故事，說道：「怎麼證明林道乾沒到過臺灣……。」她邊說，眼珠子越轉越往古老時空裡去溜轉，然後她還開始跟我說起，打狗山埋金子的事情。她也曾講過日軍藏金子的事情，她說著說著又會繞回自己的故事，於是她開始哭泣，說她的金子是如何被她丈夫偷走，也有一說是被她婆婆偷走，還有一說是小偷所為，她終究失去了她結婚時所得到的金子。那對她而言，似乎是人生中，某一次「最」慘痛的經驗，而那些「最」慘痛的回憶就那麼跟了她一生。

有人說，是阿姨自己把金子賣掉卻忘記了。有人說，根本沒有那些金子，一切都是阿姨自己想出來的。科學家據稱，時間是這宇宙唯一不可逆的元素。日子就是會這樣走下去，走著走著，各自也就分道揚鑣。我們誰都找不回故事最初的源頭，無論是自己的，還是別人的。

舞龍的起源來自祈雨的儀式，地球的生命離不開水的滋養，有生命出現或許也就伴隨祈雨儀式的誕生。龍字最初現身在甲骨文，獸首蛇身，從辛字部，表示龍為被驅使的神獸。如魚在水中游，若鳥在天空飛，有駱頭、蛇脖、鹿角、龜眼、魚鱗、虎掌、鷹爪和牛耳。那樣的龍，傳說只能被上蒼所驅使。龍究竟是什麼樣的神獸？或許以前曾經出現過，活在很久遠的人可能有見過。沒見過並不代表不存在，就如同十八世紀的縱貫線上，沿途的居民被福康安所率的大軍和馬匹全給嚇壞了。這座島上的先民記憶裡，原先只有牛，沒有馬，也沒有驢子還是騾之類的。馬是什麼動物？當下，困惑起人民的心。

第一次看見舞龍，就是在那位阿姨家門口。黃色的龍逐漸盤旋入廟埕，有一人撐起龍珠往廟內跑，許多人撐起龍身，依序繞起圈子往廟埕內移動。那些舞龍的人都像是在跳舞，撐著很大面的旗子在跳舞。那像旗子的龍身應該很重，用竹子編的，用布料紮起的，一尾巨大的黃金龍直在廟裡旋轉，彷彿龍身都成為了雲霧，彷若龍鱗都化為雨點，布的面料閃爍七彩光芒，連同龍身上的金線、銀線和亮片，一時之間，祥氣四起。那龍活靈活現又是回首，又是轉圈，又是擺龍尾，又是盤玉柱……那撐起龍的許多人，他們動作一致，他們真把自己都跟龍化為一體，而成為一個巨型的舞者。若仙女般開始翩翩舞起，類巫女於楚國宮中祭祀，似天鈿女命在天岩戶呼喚天照大神，伴隨著鑼鼓的樂聲，漸漸沉潛，如泣如訴，婉轉而下旱災的悲痛。龍擺尾的動作都像是漢朝舞蹈開始使用的袖和巾，從舞者的身上甩了出去又收回，「大風起兮雲飛揚」般的跳躍，翻身，若龍困淺灘凝望著上蒼的憐憫，逐漸慢跑，然後快跑，高攀，龍即將回返天際的懷抱，龍會向上天懇求憐憫凡間的蒼生，龍回望那乾燥而困住龍的土地，龍彷彿在哭泣。龍以小跑步走出龍形八步，龍繞一圈，向大地行三叩首禮，龍尾穿龍，然後跨尾，反方向繞一圈，龍再度行起龍形八步，向上蒼行禮後，金龍翻騰，以快跑的動作繼續繞圈……龍為何由天際落入凡間，以睡龍的姿態慢慢甦醒，接著開始直行，一一探尋這世間的悲悽，龍彷彿也感同身受，龍似乎也被困於淺灘之中，金龍纏身悲鳴狀後，鑼鼓聲述說著沉潛的悲苦，鑼鈸聲清亮，呼喚著上天的拯救。神給予龍降雨的權力，龍才能佈雨，降甘霖拯救蒼生。

龍是上天的使者，宛若傳說故事中，人面魚是大海的使者。困於陸地的人面魚只要歌唱，海就會聽見人面魚的淒涼，而引發海嘯拯救人面魚脫離陸地的桎梏。我在那位阿姨家裡，第一次聽說關於高雄人面魚的傳說，那是尾化為老婆婆面貌的人面魚，人面魚只問釣客說：「魚肉好吃否？」我當場嚇得整夜都睡不著，因此有好幾個月看到吳郭魚就害怕。那位阿姨還是一如往常煮著吳郭魚，聊起其他鬼仔古（鬼故事），我曾經把高雄人面魚的模樣都想成那位阿姨的樣子。

吃下人魚據說會長生不老，吃下人面魚則會引來災禍。鳳凰傳說也是被吃到絕種，龍也是被吃掉的嗎？龍或許是一種，一出現就會伴隨著大水的動物。我那位阿姨跟我說過，八七水災的那天，她曾經看見觀世音菩薩騎龍，現身在天空，拯救那些溺水的民眾。龍的屍首據說曾出現在黑龍江邊，伴隨著洪水和大雨，一股腥臭味驟然瀰漫江邊。我朋友的祖父曾跟我提起，他說日月潭有龍。我則在日月潭邊曾經歷過怪異的天象，明明是風光明媚的午後碼頭，驟然烏雲密布，湖心水龍捲大作，分不清是雨水還是湖水，一波又一波把岸上的人全都淋濕，風強到連八十幾公斤的大人都站不住，許多孩子急忙被陌生人救助到停車場。那是場只下在山谷湖心的暴雨，狂風沒吹過山的另一邊，四周森林仍顯現風和日麗的平靜，湖水驀然便退去，彷彿一切都沒發生過。

舞龍陣慢跑中，旋即加快腳步，開始快跑往廟埕外衝。那多像是一面巨大的旗子莫名往某個方向跑動。王得祿傳說為了撿家人親手編製的鞋子，還是縫製的香火袋，他忘了自身插著軍旗，卻在全軍後退的時候，獨他一人往回跑。此舉不僅讓敵軍大為吃驚，也振奮了王得祿所屬軍隊的軍心，王得祿因此在那場戰役立功，從此平步青雲，加封至太子太保。嘉義太保的名稱，便是由此得來。我那位阿姨曾把關聖帝君飛回主廟的傳說都講成上帝爺公飛回主廟的故事，就像她把王得祿的傳奇，都說成所有海盜皆由王得祿所擊潰的。阿姨那下垂眼皮所遮掩的小小眼睛，黑色的珠子直望過大排邊，幽幽的說起：林道乾有三枝神箭，只要等到天一亮，把三枝箭射向皇帝龍椅的方向，就能夠得到天下。可惜林道乾的妹妹誤聽了一隻雞在亂叫，林道乾以為天亮了，就向龍椅射出三枝神箭，三枝神箭不偏不倚落在龍位寶座上，但是皇帝尚未上朝，等到天一亮，皇帝一見大為震驚，立刻就下令逮捕林道乾。林道乾於是連藏在柴山金子都沒有拿，匆匆忙忙就去了東南亞。我聽過相似的故事，三枝神箭也出現過在朱一貴的傳奇中，朱一貴沒將箭射中皇帝，一樣都落在龍椅上。

林道乾沒到過臺灣，林道乾並不是王得祿趕跑的……阿姨卻依然自顧自的說著。她所說的那些事，又是否真的為她所想說的？那樣的阿姨，她們或許也無法弄清楚，猶若廟裡的乩身，她們只是傳達著，卻置身事外般，從來不被為何傳達以及傳達什麼的那類問題所困擾著。

龍也彷彿是那樣的容器或載體，龍就是上天的雨水，只要舞龍就能夠祈雨。龍的顏色在四季有差別，漢朝記載：春季的龍是青色的，夏天的龍是紅色的，夏天還有黃色的龍，秋天的龍則是白色的，冬天的龍是黑色的。

福康安為何會率領大軍出現和馬匹出現？那些對島上居民而言，馬就像是龍般神奇的動物，他們從未看過，他們感到驚恐。王得祿求援府城，以平林爽文之亂。福康安因此領軍上岸，騎著眾人少見或未見的馬匹，弭平林爽文事變。福康安和王得祿在諸羅城攻克林爽文，嘉義和福康安結下了緣分在乾隆年間，卻被以為是嘉慶君當太子到過嘉義留下了傳說。而在嘉慶年間，王得祿掃蕩朱濆和蔡牽等海盜的勢力。

蔡牽活躍臺灣海峽，曾在滬尾（淡水）建立政權，年號光明，號鎮海威武王，並持有「光明正大」玉璽。蔡牽據說曾把黃金白銀埋在馬祖天后宮附近，蔡牽傳說得神明相助，百姓也得神明庇祐讓蔡牽和百姓和平相處，蔡牽還曾上到高雄，用大刀插入地面，使中山大學附近的山丘被斬為兩半，因此一山化作兩座山丘，蔡牽得以逃遁。之後，那兩座山丘被稱為夾岸石，為漁人碼頭四大景觀之一。蔡牽最終還是逃不了，被王得祿和邱良功逼在海上以船炮自盡。終其一生，海盜的命運或許都是在逃脫身為海盜的人生。

邱良功有戰功，金門的街上可以看見御賜的邱良功母節孝坊。王得祿生於諸羅溝仔尾，溝仔尾社在康熙年間曾有鴨母王逃難至該地，朱一貴走入溝仔尾的絕路，王得祿的祖父上岸，平定朱一貴事變，後歿於高雄鳳山，王家舉家搬遷至溝仔尾。命運把民亂之人和官兵全兜在一塊……我的那位阿姨又幽幽說起王得祿的傳奇，她說有人不小心弄瞎了王得祿祖墳一尾蛇的右眼，後來王得祿在海上保護漁船時，舊疾復發，右眼因此失明。我聽過類似的故事，衝冠一怒為紅顏的李自成，也有祖墳被破，成為獨眼龍的傳說，隨後便兵敗如山倒。

王得祿把一生都戍守在海上，直到大海盜們都消失，就連善戰的水師將領們也跟著消失。

華南最後一位勢力龐大的海盜張保仔，出生為海盜的義子，鎮日在海上與葡萄牙軍艦作戰。百姓視張保仔為劫富濟貧的海盜，張保仔後受降為千總頂戴，服務於廣東水師。最後一位大海盜變身水師將領，海上卸下了海盜的傳奇，換上戰爭前的寧靜。

張保仔在香港也留有埋金子的傳說，寶藏的傳聞如出一轍，好似林道乾藏金柴山。海盜為什麼要把金子留在陸地，大海盜們都有龐大的船隊，他們又為何需要連夜摸黑上岸，將一簍一簍的金子埋藏在陌生的地域。

林道乾也出生於華南，俞大猷派兵追剿的過程，訛傳林道乾遁逃北港，恣意殺戮土著，取人血造船，後由安平往占城。林道乾最終成為暹羅北大年的官，他殺戮的，可能是東埔寨的番眾。林道乾沒來，踏上臺灣土地的是海賊林鳳，由魍港上岸，一路往南逃，出海，入菲律賓，在菲律賓吃了敗戰後，又逃回魍港，最後北上出淡水，從此不知所蹤。

我的那位阿姨說著說著，她彷彿又憶起，曾有海盜埋白銀十八籃半在打狗山的民間傳說。她嘴裡只說著自己嫁粧的金子哪裡去了，她在自己家裡找尋，在外公外婆老家的屋子深處搜索，也在每個妹妹家疑神疑鬼，她一直認為有金子的存在。我很想知道，她認為的金子長著什麼模樣，對她而言，珍貴的金子究竟又是什麼東西。

舞龍源於祈雨儀式，人心所求的，拜託神的使者，龍，上達天聽。舞龍陣分為元宵的舞火龍，還有布作的龍、草作的龍、由長木板或長竹板所作的板龍和以人疊羅漢表演拳術的人龍，以及各種依花燈演變的夜光龍和銅梁龍等等。臺語稱舞龍為弄龍。回憶年少，過年時節常會看見軍營的官兵們舞著祥龍，奔跑於大街小巷……舞龍漸漸淡出宗教的色彩。記憶裡，舞龍陣幾乎是差點消失的。每當舞龍出現，總會引起大人小孩們的驚呼連連。我直跟著舞龍陣走著走著，在即將入廟之際，有位長輩叫住了我，長輩自小在廟邊長大，學得一身修理神衣和神冠的好手藝，長輩突然要我停下，我回頭看見休息在卡車上的大爺和二爺，長輩說大爺和二爺明年就要換新裝，身上的百年衣服即將退役，他要我為那百年神衣留下紀念。

我因此開始述說一個個關於陣頭的故事……突然家中小孩喚了我一聲阿姨，我一愣，才驚覺我也是別人的阿姨。我將來是否也會成為我所說的那個阿姨？記憶都成為容器，默默被這座島驅使著，然後幽幽在這座島上說起一個又一個故事。

藝陣的步伐

大航海時代下，府城與羅漢門的交流，大傑顛社的出現與消失。

麻豆香十二婆姐／謝宗榮提供

那條路實際有多漫長，才剛滿一歲的我根本無從思索，借躺在祖厝整修期間的鄰居老屋子裡，鄰居長成什麼模樣，我無從記憶。紅色的磚房有寬寬的稻埕，右邊有廂房，左邊則是一片小樹林。稻埕邊堆放著從祖厝搬出的鍋碗瓢盆，幾張木頭凳子疊著和空的竹籃子放在一起。那時的我經常躺在實際不到四坪大的通鋪房間內，牆壁有剛塗過白漆的痕跡，由屋樑直刷到窗子的範圍，窗子以下牆壁的油漆是什麼顏色，我記不清楚。拖著白色微塵的一絲絲陽光，透過磚塊砌成的窗子僅僅灑落房間的一角。那景象因此在我幼小身軀的目光中，都以為自已是身處在巨大寬敞的遊樂園內，在那通鋪的四角全擺滿眾多雜物，以我當時短短四肢的身材，無論想去觸碰哪一邊的雜物，總覺得玩上一天也玩不完。

那時，我穿著白色長袖棉布幼童的服裝，記得領口上還別著藍色布緞帶綁成的蝴蝶結，我的衣服上或許還別有奶嘴。我踢踢那因為稚嫩而老是彎曲的小胖腿，揮舞著慣性握著的兩隻小胖手，總覺得衣服厚重到像是沉重的石頭，直把我牢牢固定在通鋪那木床的正中間，到處都是老舊榻榻米的潮濕氣味，棉被聞起來也是灰撲撲的霉味。父母的回憶裡，那是個冬雨剛下過的日子，我被一股潮濕壓到動彈不得般，已經在床上發呆了許久……好不容易我振作起精神，我翻身，我爬動，我又躺回榻榻米上，兩隻眼睛看著屋頂上的灰茫茫。或許冬日使人容易感受到飢餓，我揮著踢著就那麼餓了。

那是多麼奇異的一天，沒有一丁點聲音在那偌大的老屋子裡，我沒有哭，彷彿知道哭也沒用。我不知怎麼就從有成人膝蓋高的通鋪上，緩緩爬下了床，依稀記著到處都是昏昏暗暗的景象，老舊的月曆紙上有穿旗袍的女子，日曆紙則小小一張，門邊的櫃子上擺滿銅色沾染鐵鏽般深褐色的鐵盒，斑白的門緊靠在櫃子旁，並沒有關起。由窗戶落下那一絲絲的日光便從窗子直延伸到門口，我索性就跟著那帶狀白白的微塵走，微塵飄動在那道白光裡，就像是一個個微小的精靈，我或許因此覺得安心，慢慢也就敢步出那堆滿電風扇、炭爐、煤油燈、紙箱和各種盒子和盆子的遊樂園。

食物的氣味來自廚房，我以為母親就在那。我是怎麼爬上深重著黑色的木頭板凳，去瞧那一大間的廚房裡，沒有母親的身影，沒有我的牛奶，除了桌上有一碗滷肉，我感到陌生而爬下木頭圓凳，悵然若失矗立在沒有點燈的廚房內，那裡的景物隨著日光流轉，逐漸灰灰茫茫成一片。更深處的角落越來越黑暗，我忍不住打起噴嚏，彷彿寒冷是來自那幽暗。本能讓我轉身，便看見廚房後門透進的些許陽光，白色的微塵精靈紛紛又從那扇木框紗門落下，我好奇去推，不知怎麼就打開了那扇紗門，外面一片亮晃晃的，彷彿有許多的白色微塵精靈，變成了樹上的落葉、路上的石子、藤架上的絲瓜和木橋下的流水。

孩子，那就是我童年的景象，當妳噘著嘴跟妳母親吵架之後，故意挨到我身邊坐，嘴裡還念念不忘夜市裡的玩具，我突然就想起我走失那一年的回憶。那時的秋天已經若冬季寒冷，天上聖母的飛昇成道日就落在秋末。當我尚屆稚齡，那時固定日期擺攤的夜市不多，孩子們最期盼的，就是廟會活動所引入的攤販。那些攤販全聚集在廟的兩旁，就在進入廟宇的主要幹道上，路邊頓時都擺滿攤販。那些攤販從早營業到晚，是突然出現的夜市，一攤一攤接連喊著叫著，開始賣起大人們也垂涎三尺的難得一見美味。我還記得，賣著補湯的攤位在最外圍，然後是炸物的攤位，越靠近廟邊的攤位則會賣些鮮花素果和孩子們的零嘴，更多是在地上爬來爬去賣著線香、檀香或香環的可憐人，他們有的是殘障人士，他們有的應該是遊民之類，然後拿著竹籃插著鮮花和鈴鐺的乞丐們則全都坐在廟宇的金爐邊，他們乞討的籃子上會寫著自己的身世，有的則說明自己是領有證照的乞丐。

除了攤販塞滿通往廟的道路之外，還有步行的信眾們一個接著一個，預備往廟的方向湧入。陣頭也被塞在人群之中，武陣還在神轎旁歇息，文陣還在廟邊試著彈撥樂器，遊藝陣卻早早就出發，若一個個在日光下飄舞著的微塵……上電子花車的上電子花車，步行的一個個排好隊伍，音樂聲一起，紛紛就開始跳舞。只見一群阿姨們亂紛紛抹上濃妝，穿上麵龜紅般鮮豔的仙女服裝，手拿著跳舞的扇子，便逕自於道路上起舞。一團接著一團走，後頭跟著巨大螢光絲綢所作的蚌殼，裡頭的姑娘一開一闔起蚌殼，也跟著婆娑起舞。然後是青少年所裝扮的魚、蝦和蟹也跟著出現，還有人扮漁夫，有人裝鷸鳥，在遊行隊伍中追逐著小蚌殼跑。水族陣之後，是跑旱船，彩色的船隻裝設在大人身上，一個個像是在划船前進，有時也會唱起歌曲，唱的多半是客家山歌。花車穿插在遊行隊伍裡，還有公鞅婆，一個人分飾兩角，頭上化妝成笑臉迎人的老婆婆，腳上套著阿公所穿的長褲和鞋襪，老婆婆一邊搖，老公公一邊跳，好像真是一個個幸福的老婆婆正被一個個老公公揹在背上走。

玄天上帝和關聖帝君的陣頭偶爾會出現馬，媽祖的陣頭裡沒有馬跟著遊行，只有一車車的樂隊，原本是一個接著一個揹起樂器，一邊演奏一邊走，後來都坐上了電子花車或卡車，敲著鼓和鑼慢慢引導隊伍前進。

還有許多具有戲劇性的藝陣穿插其中，太平歌陣裡的喜劇，大致搭配南管的樂器，洞簫、笛子和琵琶等，十幾個人唱著。有時由旦角演出的是老婆，加上生角飾演愛賭博的丈夫，配上丑角扮算命仙，表演一齣又一齣爆笑的戲劇，只為了博得觀眾的歡心。天子門生陣和七里響也是遊藝陣，還有不常見的糊紙於竹架上，由人穿著竹架祥獸所扮演的藝陣。我最記得「媽祖生」的時候，花燈在夜晚亮起若人間仙境，那些裝載著動力機械的花車，一個個仙女、仙童轉動都似真的神明降臨。人走在花車之中，望著若《西遊記》那王母娘娘的祝壽宴，一時間，人間即天上，又似所有人都如劉姥姥逛大觀園，人都上了天，去看神明所住的世界。

通往媽祖廟的道路不像如今那般簡潔，要越過原本是溪流的廢棄大排，要穿過許多農田。我一路沒跌入只搭著木板為便橋的大排，也沒摔落田埂，就那麼一路跟隨精靈般的那些微塵，邊走邊飄般，直鑽入遊藝陣和人群之中。許久之後，我才知道那時的白茫茫微塵其實是鞭炮的白煙被風吹起。我不知道究竟跟著人群走了多久——那感覺是一條走不完的道路。人群睡睡醒醒在廟宇熱鬧的那幾日，醒來就走，餓了路旁有人家供應餐點，倦了就倒臥在其他廟邊，彷彿動物頻道裡的動物因為乾旱而遷徙般，人群一直走一直走，理所當然往前走著。

孩子，我們所在位置前的大排，以前是溪流的廢棄河道，曾經也有小舟行駛在那水道上。水道上的附近住著平埔族，他們有的早已離開，有的留了下來，然後她們變成了妳熟悉的姨婆，還有姨婆們的婆婆，那些老到連牙齒都沒有的老奶奶，還能一口一口咬起甘蔗，吸吮甘蔗裡甜滋滋的汁液，如同她們還在糖廠服務的那個年代。

走掉的平埔族究竟去了哪裡……據說他們被明鄭時期的屯田制度所逼，只好逃入臺南烏山嶺。後來又因為乾隆時期的大批移民上岸，平埔族只好順著旗山溪（楠梓仙溪）進入甲仙，然後找到荖濃溪的荖濃，有的往旗山和內門走，從旗山溪走入二層行溪的領域，然後再度徘徊岸邊，如最早進入二層行溪的新石器時代的祖先們，究竟要往海上回返，還是再度遁入山林。

大傑顛社遷入內門，馬卡道族順著旗山溪往南，便走入高屏溪的領域，越過下淡水，他們入了恆春，進加納埔和大路關等。有人選擇留在島嶼的西邊，有人翻山越嶺去了島嶼的東邊。孩子，妳爬過山嗎？一群人只能一個接著一個走，踏前面那個人踏過的地方，踩前面那個人攀過的石頭，領路人要對那些山石和土壤有很明確的瞭解，才不會讓自己踩空，也防止讓後邊的人摔落。翻越山嶺時的靜默，出於一種生活在那樣環境的本能。山林裡的動物動作都很輕盈，牠們小心踩過枯枝的喀嚓聲很小，除了吵鬧的猴子之外，其他動物們會將自己一個個隱匿在樹林間，以避免獵人或肉食性動物發現。人在山林裡，最大的敵人其實是自己。山上的空氣稀薄，不適合快速移動。山間的天氣變化劇烈，短暫的日光也無法阻攔山雨欲來的強風。上游的溪水是何時暴漲，明明中游的溪水還很平靜。大霧籠罩山嶺時，所有的動物都不敢輕舉妄動，只能等霧消散。

孩子，我們的祖先似乎沒有離開，矗立在溪水改道的岸邊，看泥沙淤積往昔的水道，見世事紛紛擾擾如山林落葉，冬天終究會過去，冒新芽的春天一定會來臨。

年幼的我就那麼一直走，跟著遊藝陣和人群從廟附近的道路，走進陌生的庄頭，那裡已經離媽祖廟很遠很遠。媽祖有巡庄的慣例，以前可以繞上四十幾庄，甚至更多，後來只剩下三十幾庄，甚至也有簡化為巡幾個庄頭的活動。我究竟是否有跟完一整個廟宇活動，或者中途便折返？我還記得熱鬧的牛犁陣、鑼鼓喧囂的桃花過渡、媒人婆搖來搖去的素蘭陣，還有身穿五顏六色的十二婆姐陣。十二婆姐各個臉上戴著面具，面具上還裝飾著水黑色的髮髻，有一個走在前頭，穿藍色的長衫，其他都是花布衫搭長裙，右手撐著傘，走路搖來又晃去。十二婆姐隨著鑼鼓聲起舞，還會搭配婆姐囝仔在路上又演又笑。許多老人家都會把家裡的嬰兒抱上遊行隊伍中，讓十二婆姐摸摸他們的頭，據說孩子就會變得比較好育養，也有婆婆媽媽會把嬰兒的衣服放在地上，讓十二婆姐踩過，以達壓災厄的效果。

十二婆姐是否摸過我的頭，當我的臉已在冬日般的陽光下，被越來越乾燥的風颼到都脫皮還泛紅。遊行的隊伍一直走，誰牽起我的手，就那麼從一路縱隊離開，往廟宇的方向前進。

十二婆姐有許多傳說，有人說跟海妖有關，有人說是臨水夫人所收的女妖，也有說是婆鳥的轉化。鳥是平埔族認為可以跟上天溝通的神物，鳥在這座島上具有神奇的力量，鳥可以占卜，鳥還曾經啣火種拯救人類。

茄萣的十二婆姐陣就很受歡迎，看熱鬧的民眾總被十二婆姐陣逗得哈哈大笑。

大傑顛社的人是否離開了海濱村庄，全往內陸山林避走？

我跟著那陌生人一直走，就那麼朝著，回返媽祖廟的路線前進。

人龍緩緩從我身旁經過，遊藝陣、文陣、武陣和神轎，鞭炮聲落在越來越遠的地方，我回頭看那些五彩繽紛的陣頭器具，都好似蜈蚣陣中的蜈蚣座，小小的白色微塵在風中飄，成為坐在蜈蚣棚上的孩童般，離我越來越遠。廟裡的人說，有蜈蚣陣就不會有龍陣，有龍陣就不會出現蜈蚣陣，他們說龍和蜈蚣會相鬥，廟宇慶典活動因此就會不順利。那日，我沒瞧見舞龍，在媽祖的慶典活動上也不會有蜈蚣陣，我就那麼看著人潮繼續往廟外移動，而我則被一個陌生人牽著，直拐進了媽祖廟。

《海國聞見錄》中記載：「東南諸洋，自臺灣而南……西面一帶沃野，東面俯臨大海。附近輸賦應傜者，名曰『平埔』土番。」孩子，那就是我口中所說的平埔族。《熱蘭遮城日誌》記錄過，高雄平原北部濱海地區曾經住有一個相當強大的搭加里揚社。搭加里揚社是平埔族社群，後來遭到荷蘭人討伐而遷移。搭加里揚社居住的地方曾經和大傑顛社重疊，搭加里揚遷徙的路徑和大傑顛社很像。海邊的搭加里揚社是否就是遷徙內門的大傑顛社？大傑顛社原居於二層行溪以南的高雄北部海濱之地，是茄萣許多村莊原本的故地。原居於高雄平原的放索社，因近似鳳山，本居於左營舊城，後南遷成為鳳山八社。打狗平原上的搭加里揚社早已南遷阿猴林，組成阿猴社。《熱蘭遮城日誌》記錄著：為了捉海盜，堯港的野人帶長槍、盾和砍刀要與外來者對抗。大航海時代帶來了紅毛人，那些紅毛人發動聖誕節之役，讓搭加里揚社群遷徙。搭加里揚社曾位於廣大聚落裡，那聚落包含大傑顛社、塔樓社、上淡水社和下淡水社。搭加里揚不復存在，大傑顛社則存在山林溪畔，搭加里揚至此與大傑顛社再無干係，大傑顛社隔著荖濃溪與塔樓社為鄰。

孩子，那是一條多麼漫長的路徑，妳若問我：祖先後來走去哪裡？我也只能搖頭不語。我們的先祖也許有的早已離開祖居地，有的則選擇留下。妳若問我說：他們是誰？我也沒辦法確切告訴妳。

在林爽文之亂以後，一七八六年清朝設立番屯制度，以達利用這座島上的原住民去控制漢人移民的動亂，並且利用平埔族人守隘口，一石二鳥達到以番治番的目的。於是一群人又開始移動，就像我那日走失所遇見的場景。很多人跟著離開媽祖廟之後，媽祖廟前卻還是被人潮擠得水洩不通，牽著我的那個人，在廟裡一直廣播，人聲吵雜，彷彿誰也沒聽到那位好心陌生人的廣播，他有些失望。我看見他搖頭嘆氣後，趕緊牽著我的手，向媽祖廟裡的鎮殿媽祖婆祈求，然後那位陌生人把我帶到媽祖廟邊的一間雜貨店，他讓我坐在雜貨店的門口，身上還掛起一塊紙板，紙板上寫著我是走失的幼童。我不知道在那間雜貨店前坐了多久，雜貨店位在金爐邊，那些提著竹籃乞討的乞丐們看看我，我也看看那些宛若由天子門聲陣走出的乞丐公和乞丐婆，他們時而在金爐邊吟唱可憐的歌曲，時而在金爐邊靜默不語，他們好像是滯留廟埕前的陣頭，我也彷彿成為表演的一部分，直到我的家人發現我，把我帶回那間四坪大的通鋪房間。

我好像去了一趟遊樂園，那裡五顏六色的陣頭都像是遊樂設施。如果真有仙境，那時記憶裡的場景對我而言就是仙境。孩子，這座島上對祖先而言，應該曾經都是仙境。站在三〇八高地，於左鎮、龍崎和內門的交界點，我們可以越過惡地，眺望青碧色的嘉南平原，再遠一些，那是祖先們上岸的海岸線，海水灰藍色在遠方，很多人都是由那兒，經安平，入府城，最後遷居內門。至此分道揚鑣，有的往南，有的向東，或有的返回北邊山林匿躲。

祖厝整修過後，變成了二樓半的透天厝，從此我對老屋子裡的回憶又更加模糊了一些，只能依靠家裡的哥哥姊姊們不斷提醒著當年某月某日的奇異一天。

孩子，別再噘著嘴，故事也是有趣的玩具，妳可以自己玩味，也能跟弟弟或妹妹們分享。那外邊大排上的夜市，曾經住過一群會舉辦夜祭的社群，他們也許是我們的祖先，或是祖先的鄰居……這些故事是我從一位年紀很大的阿姨那裡聽來的，故事是那位阿姨送給我的禮物，我現在轉送給妳。孩子，別再噘著嘴，故事依然在夜市裡，在幽幽大排中，在通往夜市的所有道路上。

巫與儺舞

日本時代的原住民遷徙活動、漁業活動和傳統平民娛樂。

醒獅團舞獅表演／謝宗榮提供

關於獅子的第一印象，是伊索寓言裡的老鼠救了獅子，只因為這個地方從沒有獅子的蹤跡。

《漢書禮樂志》記載：「孟康曰：象人，若今戲魚蝦師子者也。韋昭曰：著假面者也。」形容百戲的情景，師子指的就是獅子，廟會娛樂表演中，有人戴著面具，扮演魚、蝦和獅子。所有人必須放下手邊的工作，才能夠好好準備慶典活動，在慶典活動結束之前，人忙於工作以外的事物，使得獵人遠離山林，漁夫離開水邊，樵夫不入山砍柴，農夫讓農田休養生息，山林因此也得空般，或許有什麼也在山林裡慶祝著某種慶典。那樣的想像使我曾經相信精靈的存在，他們矮矮小小，有時現身有時隱形，他們有自己的時空，有自己的世界，就在某棵樹的樹洞、水邊洞穴和山林石縫，他們曾給原住民小米，他們遺留的故事終變成神話，他們是否也跳宗教性質的舞蹈，那是舞蹈最初的原型，他們也弄獅（舞獅）嗎？他們據說害怕鞭炮的聲響。

獅子源於異國，北魏〈洛陽伽藍記〉敘述：「辟邪師子，導引其前，吞刀吞火，騰驤一面，採幢上索，詭譎不常，奇伎異服，冠於都市。」描寫的是獅陣表演景象。五方獅子舞最早被記錄在《舊唐書音樂志》，百餘人歌太平樂，成為舞獅的雛型。

獅子一開始只跳舞，慢慢演變為醒獅團和獅陣，金獅陣出自宋江陣，獅子的表演越來越多，也出現在醒獅團的獅鼓中，最後藝閣車上都有舞獅和獅鼓，有的是真人表演，有的是電動花燈。如今獅陣多以鑼、鼓和鈸操控著獅子，讓獅子或跳或臥，靜止或前進。

我聽說過，也有人能像鑼、鼓和鈸一樣，他們將人操控成獅子般，讓人生病或痊癒，他們有的好有的壞，若方相氏逐疫於原始的社群。

島上千百年來彷彿沒有什麼改變，除了冰河時期曾有老虎踏足過，獅子則未曾出現。有人傳說，鄭成功帶入兩隻老虎，高雄人見了以為是狗，便有了打狗的地名，打貓則在嘉義。老虎後來都成為馬戲團表演的動物，並不是神奇的大貓或大狗。而從未曾自然生長在山林裡的獅子，至今仍是神獸般，成為矗立在廟前的石獅和廟宇裝飾上的金獅，除了動物園那慵懶熱壞的非洲獅以外。

非洲獅似乎只是獅子，幾乎滅絕的亞洲獅祖先很可能真的是某種神獸。我在尚無法分辨太多事物的幼童時期，老想著神奇怪獸和精靈那類的事情……在黑暗的深處，我只認識寓言裡的老鼠，那些老鼠的吱吱聲響，彷彿漸漸由某端遠遠傳入。

從來只記得老鼠的模樣，我在古老媽祖廟陰暗的深處，瞥見過一隻乾淨整齊著土壤般顏色的碩大體型老鼠。那身灰青覆蓋著黃褐色的毛，就像一團黏土被塑製成一隻老鼠的模樣，牠當下看起來十分平靜，一點都不畏懼我，兩隻眼睛也沒有飢餓的神情。牠瞅著我，自然闔著的嘴巴上，那鬍鬚也顯得安靜。那是多麼奇異的兩隻大大望著我的眼睛，若風吹過池水般閃過陰影和光的黑白。牠看了我一會兒，然後默默走開，沒有發出吵雜驚懼的吱吱聲響，彷彿我從未看過牠，牠也從未瞧見我。媽祖廟通道深處的一隻老鼠，那身若青銅古樸般的皮毛，好似與媽祖廟主體建築一樣古老的廟宇禮器，又猶若後院裡古早生活所用的水缸，也似後殿外那早年為了修補所儲存的磚瓦。或許我當時定睛一看，就會以為那年代久遠散著金屬光澤的石磚便是我所瞧見的那隻老鼠。也可能那老鼠仍在幽暗通道深處，直矗立在那古老的地磚上，我卻怎麼也無法再察覺到牠的存在。

人的記憶會被環境扭曲，或者是被自己所誤導，也可能是出於時間久遠的因素，我們所想記憶的，往往是朦朧複雜，而又清晰著某物的那些回憶。

颱風夜過後，祖厝後屋塌了，工人忙進忙出，把早已腐爛的木頭從碎紅磚堆中撤下。剩餘的紅磚牆仍頑固矗立，緊密又厚重的早期紅磚顏色已然無初出磚窯廠那時的鮮豔。那色澤類似葡萄酒，祖厝像是橡木桶把紅磚越陳越磨去新鮮葡萄酸澀般的尖銳，紅磚的顏色略顯歲月磨合下的灰撲撲，還帶點沉澱的紅褐色靜靜臥躺在紅磚塊的細小孔隙間。好不容易打掃完，早已無人居住的後屋，那窖藏般的磚塊在原後屋的遺跡下，不僅存貨為數不多，還顯得非常渺小。看著那排列整齊猶若酒桶的磚塊仍盡力描繪出，後屋那裡曾經有過一間廚房、一間浴室和一座倉庫……斗室般的大小，卻頓時使我瞠目結舌。不明白過去自己是如何置身其中，生活，幫忙祖母提水，晾曬衣物和望著祖母把灰白銀亮的長髮由髮髻上釋放，頃刻間，一泓瀑布流洩，就在那山高水深般的浴室，熱氣蒸騰於若空曠的野溪溫泉般地域。明明應當如是，我挨在搆也搆不到門鎖的木門邊，靜靜望著祖母若溪邊沐浴的天女，一遍又一遍，仔仔細細梳洗起精靈般的白髮。

事實……我怎麼也想不透那狹窄的空間，曾經擁有那麼多的風景寬闊在我的記憶，如今的祖厝轉眼就成為一件不合身的衣服，逼仄在我的眼前。我彷彿是突然吃到愛麗絲夢遊仙境蛋糕的孩子，瞬間放大身軀擠滿殘破的老屋。那屋裡已經什麼都沒有，沒有過去需要看管食物而防範的貓，沒有蹓躂在水溝邊的老鼠，沒有徘徊在後院的流浪狗，沒有祖母養過的雞隻，只剩下蕨類驀然由磚塊縫隙冒出青翠的綠葉，在我那曾經睡過，如今看來卻很小很小的房間。

我仰頭，試圖想像喝下愛麗絲夢遊仙境的縮小藥水，直讓身軀一直變小一直變小，小到那座屋子又回到我童年回憶裡那般壯闊的模樣。那時，我祖母剛從菜堂返家，她將師父贈予的觀世音菩薩月曆，恭恭敬敬掛上客廳。我等祖母回返廚房忙活兒，一個人踩上客廳若牛奶糖顏色的塑膠皮沙發，然後又從茶几，踏上沙發高高的椅背，伸手用力翻起那亮白色底的工筆觀世音菩薩化身像的月曆，那便是我記憶中，首度對神留下印象的開端。比起我衣服別著那紅線上的香火袋，和遙遠在神桌後方那一尊尊高大的木雕媽祖神像而言，觀世音菩薩像的月曆貼著我的眼和我的鼻，瞬間有種豁然開朗的感受，原來那就是祖母所拜的神。

供奉著神像的廟，對那時尚年幼的我，似乎只是一個地方，猶若祖厝般的屋子，神究竟是什麼，童年的我曾經以為廟裡的人就是神。我待在家裡幫忙做家庭代工的時候，廟裡的神似乎也在做其他工作。當我為一塊塊木板貓咪綁上串著木頭愛心的蝴蝶結頸繩，廟裡的神也在製作著護身符。祖母會在空閒的傍晚，走進廟裡燃三炷香拜拜，祖母同神桌上那神龕裡的巨大媽祖神像說話，但是我什麼也見不到。我那時還搆不到神桌，只能跪在祖母身旁，直到祖母起身和廟裡的人說話，我緊拉著祖母褲管半遮掩半好奇往外望，那黝黑肌膚的人就是神嗎？祖母同那些人說起，有人擲筊得到徛杯（立筊）的神蹟，還說到某人問病求籤得神助，接著那些廟裡的人還是神會拿一顆糖果塞在我的手裡，說是拜過虎爺的，讓我平安㔂大漢（快長大）。我若童話故事裡疑懼著壞皇后的白雪公主，望著那人手中的糖果。祖母幫我接下糖果，讓我跟廟裡的人說謝謝，然後把糖果塞入我的手中。我趕緊又躲到祖母身後，急忙踏出廟外時，我偷偷回望了一眼。

祖母的身形較為高大，不只是祖母，整條老街裡的老婆婆們普遍都身材較為魁梧，也幾乎不怎麼駝背，只有一、兩個年邁的老婆婆們例外，她們老到只能拄著拐杖，辛苦地坐在騎樓上的籐椅，在白日曬曬太陽後，緩緩拄著拐杖，讓夕陽餘暉蹣跚起她們一步一步往屋裡深處房間走去的腳步。

記憶裡，神彷彿操縱著人如何生活……吱吱吱，但是老街上的老婆婆們說，是老鼠影響了她們祖先的生活。

祖母的娘家位在番的領域，整條街上的老婆婆們也都來自鄰近的平埔族聚落，她們的高大使得年幼的我宛若矮小精靈，當時街上的孩子們都大到可以上小學了，唯獨我一個剛學會走，便迫不及待嘰哩呱拉鼓譟著的幼童。

老婆婆們和祖母自顧自地打理日復一日的工作，在什麼時節種下什麼蔬果，在什麼節日的前夕準備什麼食物的材料，然後忙活於祭拜田裡的神、田邊的神、土地公廟、大眾廟、媽祖廟、巷子口的上帝廟（或王爺廟），然後才是自家的神桌、廚房裡的神和門邊另一個公媽龕，最後她們彎下腰，替神桌下的花瓶換水，插上新的圓仔花，那擺放花瓶的位置，就如同客家文化裡的土地龍神安置在公媽龕與神桌下的位置。那位置陰暗，牆壁也蒙上塵垢的灰黑，不仔細看，若雜物堆放在公媽廳的神桌下，桌腳灰撲撲的，花瓶也灰撲撲的，地板更是灰撲撲的，仿若那是很久以前被人所遺忘的，花瓶？神？老婆婆們一一從神桌下鑽出，把最後的香插在門邊的小香爐上，農曆新年即將到來。

油燈裡的燈猴精據說是引發上天曾經想降禍人間的罪魁禍首，在原以為世界末日的除夕之後，平安無事的新年第一天，人間彷彿重生。我很小的時候聽著新年傳說，想像燈猴究竟是什麼模樣？燈猴是精靈，能夠跟上蒼溝通。在什麼是人什麼是神也分不清的年紀裡，我曾找過精靈。屋子裡裡外外一個精靈都沒有，只有小小的黑影走過，那是地上的螞蟻不是精靈，是水邊的穿山甲不是精靈，是在樹上徘徊的果子狸不是精靈，是電線上的麻雀不是精靈，是廚房門外的貓不是精靈，是一尾尾小小的大肚魚在水溝裡游，大肚魚也不是精靈。只有一隻隻吱吱叫的東西，我什麼都看不見，那是精靈嗎？祖母說過年前送神後，神明就可以休息了。那些吱吱叫的聲音，也猶若神靈消失在鄰居哥哥姊姊們放寒假後的鞭炮聲中。

吱吱吱……日復一日，和祖母生活，工作，求神拜佛……而我終於知道，那吱吱的聲響，來自老鼠。牠們從很久以前跟著船艙裡的貨物上岸，當後屋水邊仍是港口水道的那個年代，當荷蘭人行舟穿越沼澤中的密林，遠在更古老的傳說中，那時海灣看上去還遠遠隱身內陸，船隻近處那長長的沙洲就像是母親的手環抱住嬰孩胡鬧一陣的風浪。行過碧綠色的海水繼續往陸地前進，黃色沙洲伸長青灰色的腳在靠陸地的水面下，緩緩拍起溪水和海水間的浪花，遠遠與紅樹林一片油亮綠色連在一塊，分不清那些五梨跤、水筆仔、欖李、海茄苳的樹幹和樹葉，以及上頭附著的植物，全都灰灰綠綠，彷彿是海底景象——海水流過他們的身體般，猶若經過一處處珊瑚礁，那些上岸的古老祖先才驚醒於一場夢境，發現到靜止的景象，不只是獨木舟下的水流，就連風也漸漸如此。老鼠據說拯救了某些平埔族，牠們藏匿的粟米解決了飢荒的問題。

很多年以後，我才知道那個老鼠和平埔族的故事，真真切切屬於那些老婆婆們和她們祖先的回憶。祖母靜默祭拜著我所不知道的祖先和神明那模樣……那童年的記憶……扭曲在那曾經寬廣卻又狹窄的祖厝中，成為那神祕的吱吱吱聲般。

老鼠的故事來自牽曲，帶領牽曲的吟唱者是古老聚落裡的尪姨，尪姨是巫，是最早站在靈臺般的建築，高唱娛神曲的人，後來儺戲漸漸取代了巫的部分職責，儺在歲月裡也漸漸演變成讓更多人能參與的百戲——一群人似巫又類神，扮獸也扮仙在熱鬧的廟會。

我所看見的廟會，唱的曲子有老鼠的故事嗎？據說歌詞是神明說的話。老婆婆們看到的廟會熱鬧跟我看見的不一樣，那種熱鬧早已不復存在於那些老婆婆們的出處，有些原始的社群不得不遷徙……環境始終像獅陣中的鑼、鼓和鈸，引領著聚落如獅子般移動。卡那卡那富族由荖濃溪遷往楠梓仙溪，更往西邊的城鎮移動。楠梓仙溪的山林則因為霧社事件，讓日本政府若鑼、鼓和鈸驅使布農族遠離大山，落入山腳地區。卡那卡那富族只好從西邊回到更東邊的山林。

荖濃溪流域由數千年前便有人類的聚落，溪床上遺址和化石遍佈，還有戰道的遺跡和無情風災過後的紀念碑。鄒族、布農族和拉阿魯哇都曾生活在荖濃溪的範疇，有人成為鑼、鼓和鈸，外在環境因素早已是鑼是鼓也是鈸，驅策著人類聚落的遷徙與命運。

這座島也猶若獅子般舞動，而烏魚或許是那最早演奏著鑼、鼓和鈸的樂師般。烏魚把人帶入這座島，利用冬季豐盛的漁獲，等到夏季漁產減少，就以商貨貿易於夏季較為平靜的風浪中，竹筏和戎克船漫步在近海。直到馬關條約後，日本政府發展動力船隻，遠洋漁業把人帶到遙遠真正的大洋中，製冰廠的需求帶動港口加工產業，水產加工興起，讓養殖漁業也跟著開始發展。高雄的港口接替烏魚操控起鑼、鼓和鈸般，無論是島上的居民還是後來的移民全都若獅子聚集在高雄，等著鯛魚入網，等著採礦礦，等著電影開拍，等著日復一日，那鑼、鼓和鈸引領的歲月。

港口邊依然有疾病蔓延，王爺信仰仍不時傳出神蹟。有港口的地方就會有媽祖廟，祖母將我的一生平安託付給媽祖，祖母已然逝去，我在有驚無險中長大，媽祖圓了祖母的心願。

我卻早已記不得年幼的自己跪在祖母身邊時，是否也跟媽祖祈求過什麼樣的願望。我那時還不知道什麼是神，什麼是精靈……我沒看過獅子，我只認識獅陣中的獅子。老鼠在寓言裡幫助了獅子，老鼠究竟是帶來疾病的可怕動物抑或解救飢荒的動物？那樣幫助人類和獅子彷彿神一般的老鼠，我也是沒見過的，我認識的老鼠是危害家庭環境的動物。懵懵懂懂……只知道人看不見神，瞧不到龍之類的祥獸，也見不著傳說中的精靈。祖母還說，月曆上的觀世音菩薩是菩薩，佛寺裡的大佛便是佛，廟裡的木頭神像是媽祖、王爺或玄天上帝。但她從未告訴過我，門邊隱匿的神龕是怎麼回事，神桌下的花瓶為什麼要換水和插圓仔花。街坊鄰居說過的那種能把人操縱成獅子般或生病或健康的人（老婆婆們記憶裡的巫）也已經逝去，只有漂洋過海的舞獅還留存，仍然在廟埕前演出，大人小孩們都看得很開心。那些多半是職業陣頭，屬於聚落居民子弟組成的庄頭陣，人數是越來越少，漸漸僅能負責神轎和神將遊行的工作。

我因此經常想起人生如戲的俗語，日子就那麼演了下去，演成了神，演成了巫，演成了儺戲，演成了觀眾……是否演成了自己？祖母若鑼、鼓和鈸般，我是否就為獅子？自己也成了鑼、鼓和鈸，眼前的生活是一隻獅子，亦如我童年的想像，儺舞裡那最初的獅子是未知的、神祕的，或僅僅是亞洲獅的祖先。

眾神還徙所引發的傳說故事（帝爺鬥媽祖）。

正殿眾神／吳漢恩提供

人在生活裡找到了神的影子，儘管神的敘述來自更為古老的矮小人種口中，當那些黑黑小小的人兒驟然消失在山林深處的縫穴底，所謂的人類也正從會吃人，不懂狩獵更不會耕作，還長得人不人鬼不鬼模樣的古怪生物，漸漸成為如今的人類。

傳說世界曾被一場大洪水覆蓋，人們都跑到山上去避難。那個被洪水淹沒的世界，可能剛經歷過地震引發的海嘯，也可能遠在冰河時期結束後，便反覆遭受海平面上升覆沒原本陸地沿岸和近岸島嶼之苦。洪水的記憶困擾著太古以來的人類，短暫山洪暴發引來的大水都會讓人類再度想起，那尚在遠古還有神在創造人的時代中，人類以人祭神，用獸首祭神，還丟過死老鼠祭海神……溪流裡的螃蟹剪斷堵住河道那大蛇或鰻魚的身軀，水退卻之後，老鼠成為取來粟米的英雄，但世界已經失去了火。人類藉由樹林中的女人、蛇、鳥、昆蟲、山羊或山羌取得了火種，火從此分開人和神的緊密關聯。人是懷著什麼樣的心情，愧疚或是好奇，還是努力開創的勇氣抑或不得不為之的苦悶，緩緩走出神遺留下火星的樹林，人開始自己製造人類，人從此展開人類時代。遠古的天神就如大洪水由世界退去，只剩下殘存記憶還煽動著，那氣候變化所致的狂風暴雨猶若神一般。

人類開始吟唱，在黑夜火光裡，想像神還在世界上的時光。那是最早音樂的崛起，人聲是最原始的樂器，歌是最遠古的床邊故事，當創世天神都已遠離，世界只留下平凡的人類仍居於水邊，伴隨隱匿著動物的樹林。天神不在了，山林開始有了鬼怪，千年或百年古樹則有的是神有的是妖。大武山雄偉拔地而起，百年鯉魚精一公一母也想化為大武山那般雄壯，最終公鯉魚精慘死風水穴的破敗，母鯉魚精成為泥火山日夜哭泣，山林就此成為人和妖形塑的山林。那樣的山，離天神的時代又更遠了。

傳聞精怪一百四十年接觸地氣則能得大道，兩百八十年始成地仙……一千四百年即可任三官掌管土地……天神最初是什麼模樣，接觸到的又是何樣的土地，終致成為各族神話裡的神祉。

那樣的年代遠去，終究只剩下人。

外公很會說故事。他講的眾多故事中，多半是島嶼的風水傳說。外公教我認識火炎山礫岩惡地上的傳奇，龍脈拔山而起，島嶼就會出皇帝。民變事件裡的王都只是王，孔子說：「一貫三為王。」王者必須參通天、地、人三者。王的金文，字形末端像是火，一堆火中豎立而起的，便是王。島嶼真有過王，大肚王國裡的聯合酋長，是拍瀑拉族、巴布薩族、巴則海族、洪雅族和道卡斯族的番長，也是祈福儀式裡的巫王。島嶼的南方則真正出現過，擁有領土、人民、主權和政府等必要組成國家條件的王國，王國名稱為大龜文，藏身在熱帶雨林盡處，成為神祕的黃金王國。更往南端的瑯嶠十八番社，又稱斯卡羅王國，也曾以國家般的主權與外國人談判鵝鑾鼻燈塔的建造。周禮曰：「凡大朝覲、大饗射，凡封國、命諸侯，王位設黼依。」黼依即斧頭，王開始掌握生殺大權，王終變成戴上若星星般閃耀的黃金頭冠，王變成了皇。

島嶼上沒有皇。島上的人依舊居住在水邊，忍受著不知當初是從荖濃溪而下，還是沿著楠梓仙溪而下，一路流浪到下淡水溪的那尾僅存母鯉魚精，仍然悲傷著伴侶消逝所引發的洪水。

外公說，媽祖廟裡的媽祖原本是人。上帝爺公也是人，還是決心放下屠刀拯救生靈的屠夫。上帝爺公取出自己那混濁髒汙的內臟，想把前生的罪惡都洗淨，上帝爺公因此得道升天，成為神（玄天上帝）。上帝爺公還是人的時候，那副充滿罪過的腸胃卻變成蛇精和龜精，蛇龜妖精作亂人間，上帝爺公借寶劍鎮壓了自己前生的罪孽，腳踩蛇龜護法，像是在提醒世間，做過的壞事不會消失，得用不只一生、一輩子而是生生世世去償還。

祖父家的巷口有玄天上帝廟，外公家的巷口則坐落著媽祖廟，廟的後方都曾是水道，溪水淤積改道，水路漸漸成為陸路，新遷入的街坊鄰居或許永遠都不會知道，溪水曾經離社區那麼近。

人離不開水，神似乎也是。

下淡水溪的下游每到夏季就氾濫，人不得不暫時離開水邊的聚落，避往他方。下淡水溪的下游因此沒落，直到居民祈求媽祖垂憐，媽祖示意得在鯉魚山埋下十二道石頭作的犁頭鎮壓，從此水患自下淡水溪的下游消失——那能引發洪水的水量去了哪裡？無法從下游流洩的水，改從對岸下淡水溪的上游便開始氾濫。上游居民因此經歷起淹水的夢魘，不得不求助庄裡的帝爺公。玄天上帝指示，以風水的辦法破解風水的奧妙，居民連夜因而偷偷潛到下游，抽走紅瓦厝頂的某塊瓦片，還用黑狗血淋在十二塊犁頭石上，水患因此再度回到下淡水溪的下游。

故事尚未結束，就像洪水退去，下次大雨來襲，大水將再度吞噬陸地。儺因此被保存，還傳承下最古老的音樂，那音樂曾有古老的語言，輾轉演變打擊樂器和吹管樂器的配樂，最後才以弦樂輔之，去彌補已經不是語言的吶喊。出於原始的吟唱，在天和地之間，以人的身軀呼喊原始神靈的力量，逐漸都轉化為傾吐內心哀傷的歌詞，五言、七言的韻文或上百句的上下對句，融入巫原始的信仰，也進入道教的儀式。

吟唱者即說故事的人，他們反覆傳承而下人與神。媽祖派千里眼和順風耳將軍找帝爺公理論，帝爺公則派出龜蛇神將，一時間氣氛緊張，烏雲開始密布，狂風大作。其他廟宇的玄天上帝也出現助陣，眼看媽祖和兩位帝爺公意見不合，風雲就將變色。說時遲那時快，一陣白雲遁入烏雲間。騰祥瑞雲霧者，正是大崗山超峰寺的觀音佛祖，眼看一場下淡水溪上下游間的紛擾越演越烈，觀音佛祖主持公道，向媽祖和帝爺公提醒，神腳下的世間，生靈仍受苦於水患。帝爺鬥媽祖，下淡水溪兩岸都不平靜，水恣意亂流若惡龍，侵擾著陸地的寧靜。天上一日，凡間一年，沒等觀音佛祖調停媽祖和帝爺公的紛爭，一名可憐的少女早被惡龍興風作浪般的洪水，給奪去了寶貴的性命。無辜少女化為拯救孩童免於溺水的神靈，後來更成為旗山楠梓仙溪支流上的神明。帝爺鬥媽祖的故事漸漸落幕，下淡水溪下游出現了防水患的堤防，下淡水溪上游因風水再起風波，幸賴旗山媽祖調停觀音佛祖和那可憐少女所化神靈的爭執，而順利在能制水的風水穴上，以佛寺護佑眾生。

故事外還有故事，儺不斷演變，儺樂和儺戲也跟著演化。超峰寺所在的大崗山據說是能出皇后娘娘的風水寶地，這座島從未有皇，自然未見皇后娘娘。傳說大崗山的超峰寺破了出皇后娘娘的風水，卻出了救苦救難的觀音佛祖，其宗教盛名與南鯤鯓五府王爺齊名。從臺南到高雄，由高雄至屏東。傳說遠古的人類由島嶼西南海岸上岸，往山林的方向前進，也往北邊和南邊的海岸推進。我不曾活過那個鳳山八社還在為官府儲米糧的時代，我卻經常夢迴那樣的時空，去想像旱季不降雨的日子，他們會走往哪一座山，會如何待在山林溪邊祈雨，然後在祈雨活動結束，把溪邊的某顆石頭帶回聚落，那樣的石頭後來成為神一樣的分靈，據說就是石頭公的由來。

人不停記憶神的故事，或許只因為人一直都存在。

會講古的外公和一生充滿故事的祖母離開世間多年後，我仍重遊著某些年代，那裡仍有野生的鹿群在奔跑，有傳統的祭祀活動，還有人記憶牽曲的意義，還有人能跳戲，還有人維持在每年第一個月圓之夜跳鳥嘮以慶祝老祖娘娘的生日，儘管我從來沒有經歷過那樣的時空，卻有熟悉的情感引領我彷彿身歷其境。

我生長的地方，只剩下保存古音的南管，咿咿呀呀在樂器聲中，吟唱著文人式的韻文，惆悵著世間的物換星移，呻吟著人間的孤苦哀傷。太古的祭典都在夜晚中舉行，燃起神最後遺留下的火，彷彿創世天神還在世人的身邊。在那樣傳統原始的祭典裡，神傳說都化為星星，人的靈魂也能成為星星，鳥則是溝通上蒼的使者，直飛翔在星空下……在那明明已經逝去的星光中，隱約透露著生命源起的故事。《九歌》記載：「昔楚南郢之邑，沅、湘之間，其俗信鬼而好祀，其祀必使巫覡作樂，歌舞以娛神。」巫覡仍以歌舞紀念神的恩惠，而神降世的那個時空已然離現今好遠好遠。生命究竟是怎麼出現在這個世界？看不見的生命奧祕仍無解，看得見的生活裡，有人還在沼澤深處搭高腳屋，有人還唸唱著古音，有人仍在船上踟躕，有人一步一步帶著故鄉的香火袋開始在海岸平原間徘徊。

直到很久以後，我們才會想起曾經也去過的某些地方，參與過的某些活動，然後還以為是作夢，夢裡回到日本時代的諸神昇天計畫之前，家鄉的媽祖廟早有南巡和北巡的活動，還南下進香，曾到過媽祖出生的地域。林園的媽祖由中芸港起駕，每四年到安平港繞境，媽祖和王爺巡視港口的安全，彷彿那個乘船避難遠渡他鄉的日子仍不斷滔入異鄉人。島嶼西南岸的港口多半只剩下漁業，遠渡重洋而至的外籍移工坐的是飛機。林園鳳芸宮媽祖繞境乘坐的，仍然是漁船。由古時候的人力漁船到如今的動力漁船之別，不變的是從白晝繞境至黃昏，守護港口的安危。媽祖回航，看漁船點起五顏六色的燈泡，亮閃閃緩緩駛過被黃昏早映得紅紅黃黃的海域。岸上的煙火送別聲不停，船上的煙火回應離情，媽祖繼續在海上賜福漁船、海洋和海岸。林園鳳芸宮的媽祖自安平港回返，海上巡香至高雄港，天色早已披上黑漆漆的夜袍，由漁船往岸上望，高雄的路燈是黃色的，大樓是黃色的，世間彷彿只存黃色燈泡，亮滿了整塊陸地。那黃光若夜祭中的火堆，四周黑漆漆，古老的人類只好圍著火堆跳舞，向未知祈求。自然由未知的力量，化為人熟悉的媽祖，港邊的人站在亮晃晃的岸上向媽祖致意，海洋仍舊黑漆漆一片，媽祖回航的船隻猶若夜裡的篝火，亮起祈福和回應的光。

海上巡香源起百年前的因緣，故鄉的媽祖南巡今年又將在冬季起駕，我忽憶起與祖母一同到媽祖廟拜拜的往事……只剩下我一個人，緩緩穿越裝飾著古樸充滿藝術價值門神畫作的龍門，走入曾經重建的媽祖廟。媽祖廟原本在港口邊，虎門一出就看的見碼頭，水路在眼前，舟船繁忙而過。我還想起外公家附近的媽祖廟，外公說那座媽祖廟和鄰近的其他兩座媽祖廟，從前曾是蓮花座風水穴。三座媽祖廟都位在古老的庄頭，那三個舊庄頭又都位在溪流渡頭邊，三座媽祖廟的座向，原本把三個舊庄頭合成蓮花穴，傳說有官敗地理，其中一座媽祖廟轉向，便破了會產出人才的蓮花穴。皇帝從來沒有出現在這座島嶼，只有王統治過神留下的人類，那時候他們開始學種粟米，在墾出的一小塊一小塊田地栽起芋頭。那樣的人類還建造房屋，他們把石頭放在房屋外祭祀，也學著在房屋內祭祀起神靈。後來，人類的角色越來越多，負責的工作也越來越繁瑣，巫覡只為神跳舞歌唱，陣頭原也只為了酬神，道士為神也為靈魂唱歌，陣頭後來也出現在喪葬儀式中。神、鬼和人的界線不知從何時起，開始模糊。

我想念逝去的家人，懷念很久以前他們所說的故事，喜歡他們談論那個還處處充滿神蹟的困苦年代，媽祖接過炸彈，關聖帝君、王爺和佛祖也接過炸彈，水災的時候，神又是如何搭救人們……時間讓那些故事逐漸被淡忘，直到站在故鄉的路邊，我巧遇大爺和二爺神將。那領著神將遊行的人，扳了一塊神將那大仙尪仔身上一圈的餅乾，當那位長輩把餅乾遞給我時，我剎那間彷彿返回童年時空。祖母再度牽起我的手，四周鞭炮聲響起，那是由原始音樂傳承下，猶若雷響、動物嚎叫和人吶喊的聲音。神的淵源久遠，打從人知道神之後，就一直想念著，也懷念著……或許無能為力著什麼。只要一回憶起，我還是會想念過去所見，懷念王爺廟裡的番神神將，番神又從何而來，番來自何方，番的去處？當我彎下腰，瞥見祖厝公媽龕下的花瓶，那是我的來處，也終將是我的去處。

跋

我們都是阿弟仔

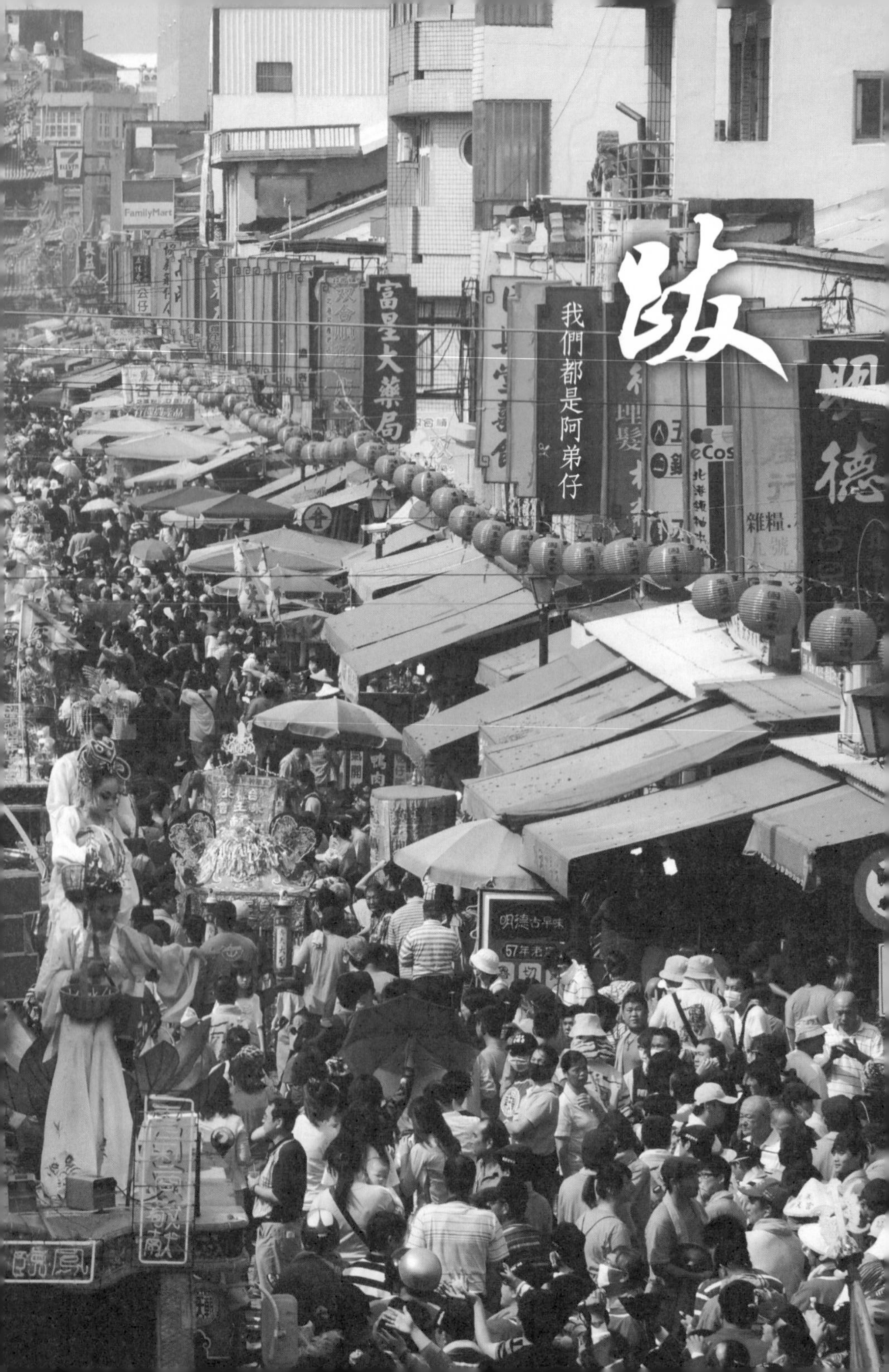

北港迓媽祖藝閣遊行／謝宗榮提供

陣這個字，光看，彷彿是人在車流中，左閃右躲，人為何要在車流中行走，彷彿是電影裡世紀災難片般的場景，車子塞在一團或是撞成了一團，爆破的火光閃動，大人拉著小孩不斷奔跑而過……度過一段很不順利的日子，那時候常被阿弟仔們拉去宮廟坐，看宮廟的乩身幫人收驚，替人處理「那一邊」的事，從傍晚起就有人面帶愁容走入，他們替生病的家人問事，他們問現世也問過去式，他們有的得到了解答，有的永遠不會知道答案。

大城市就像一座巨大的工廠或者是一間龐大規模的公司，宮廟在某方面看來，似乎成了大城市裡最後守住某種防線的心理輔導機構。在聊天諮詢的過程中，過去的文化被保存下來，古老的音樂、語言、圖案和儀式，正在經歷著一種簡化，遺忘和改變功能的過程。

小時候常在廟附近玩耍，住在三步一小廟五步一大廟的南部，廟就像是阿公阿嬤，廟裡的神像也是，默默陪著孩子長大。

陣頭裡的那些叔叔伯伯也是如此。

我們似乎知道誰是誰，又好像永遠不知道誰是誰。

我們又是誰？該過什麼樣的日子？做什麼樣的事？

不管是南部或中部以及哪個地區的阿公阿嬤，嘴裡說的過去總有祕密。

所在的村莊有祕密，守衛村莊的廟宇也有祕密，廟裡面的神像更有祕密，信仰的民眾也都各自帶著祕密來請示神明。

那些祕密要怎麼樣才能上達天聽？

阿弟仔為了祕密，在陣頭裡走。

當年陣頭裡有祕密，足以護衛很久以前的村莊。

村莊裡的祕密，緊跟著人群遷徙。

人為何移動，像逃難似的？

人如何接受神的幫助？

人需要什麼樣的上天？什麼樣的指引？

上岸的，從來不只是人類。

疾病、貧窮、生活和感情的困擾，一個人的問題或是一個家庭乃至於家族的麻煩……這是這一邊的事，也是「那一邊」的事。

「那一邊」究竟是什麼？無法看見。

誰又在「那一邊」？

每一個人都有脆弱的時候，無論是這一邊，還是「那一邊」。

能啟動這一邊的，管道還很多，能啟動「那一邊」的廟宇和陣頭，漸漸式微。

我們是否需要新的神，或者新的方式？

遇見大爺和二爺的陣頭，彷彿是在述說：「嘿，阿弟仔們，我們沒有消失，只是在自己的日子裡，過著一天又一天。」

比起古老的神像，我們都是阿弟仔，是細漢的。

儘管古老的神像和遠去的歷史，看起來很弱小，很稀鬆平常，沒有什麼了不起般，我們和我們祖先的生活卻都是那樣，依靠著過去而活了過來，活得不算是精采，有些糊里糊塗，老是擔憂，填不飽肚子，渾渾噩噩——有個老阿弟仔說過：如果能結束，就好了。

沒有辦法結束，只好一直祈求？

某個阿弟仔分享：已經步入中年，沒有成功，沒有賺大錢，沒有老婆，只有小孩，很怕孩子跟我一樣，所以我很努力，跟我的祖先們一樣，試著生存。

在二十一世紀生存，似乎必然要有網絡，那裡彷彿有新的神和儀式。

我試著寫下舊的神和儀式，好讓更多「阿弟仔們」在廣大的網域，能認出過去的神持續變形中，可能是祖先，是一棵老樹，是一段歷史的記憶。

無論在新的神還是舊的神面前，我們依然都像是阿弟仔們般，如同一個孩子，期待著，想像著。

儺在這座島，殘存著陣頭、戲劇、歌和舞等各種模樣。

儺是為了驅除不祥，迎來豐收的幸福。

生活在現代，變形的各種儺試著製造幸福，那樣的幸福卻似乎有什麼不對勁。

我仍在尋路的旅途中，挖掘那些早已消逝的故事，和仍在發生的故事。

南臺灣平埔族
故事行腳

神轎衝炮陣／吳漢恩提供

◎平埔族故道

二仁溪曾叫二層行溪、二贊行溪、岡山溪和大溪，源頭為海拔僅五百多公尺的山豬湖，隔一座山林，進入楠梓仙溪流域。早在六千五百年前為南島語族上岸的溪口，也是南島語族擴散發展的起源地。二仁溪的出海口為堯港，堯港最後的港口興達港就在茄萣區域。二仁溪不僅是臺南和高雄的界溪，也是史前聚落發展的起源。由最初的粗繩紋陶大坌坑文化，至細繩紋紅陶的牛稠子文化、新石器晚期的鳳鼻頭文化與黑陶大湖文化，以至鐵器時代的蔦松文化。沿著二仁溪往山林走，郭懷一事件、朱一貴事件和黃教事件等，一一影響著二仁溪的兩岸。日本人類學家伊能嘉矩認為二仁溪溪口南岸曾有大傑顛社，大傑顛社輾轉入了旗山和內門。

二仁溪改道，聚落轉入楠梓仙溪流域。荷蘭人沿著興達港上岸，在大崗山攻擊搭加里揚社，隔年聖誕節之役，搭加里揚社沿著河流逃竄，海岸平原自此失去了平埔族的蹤影。大傑顛社在明鄭時期，由海濱退至大崗山、阿蓮，最後退居旗山。鳳山八社在清代，被迫東遷。楠梓仙溪的水，流過森林成為旗山溪，流經聚落而成高屏溪。

◎平埔族與西方人相遇

〔1〕必麒麟與馬雅各拜訪平埔族路線：因一八六五年府城（臺南）看西街事件，由旗山，經木柵（內門）、甲仙埔（甲仙）、拔馬（左鎮），至玉井。

引自《鳳山縣志》〈鳳山縣全圖〉局部

〔2〕約翰・湯姆生與馬雅各拜訪平埔族路線：因一八七一年李庥牧師告誡府城（臺南）不平靜，約翰・湯姆生於是跟隨馬雅各，經拔馬（左鎮），入木柵（內門），經柑仔林、火山、匏仔寮、甲仙埔（甲仙）、荖濃、六龜里、枋寮，後回到木柵（內門）。

◎平埔族與民變

〔1〕朱一貴事件：起於內門（羅漢門），豎旗田寮，召集大、小崗山壯丁，戰於赤山（高雄市鳥松區），北上府城（臺南）。下淡水溪未附和之客庄，在事件過程與馬卡道族鳳山八社一同抵禦民變。

〔2〕黃教事件：黃教起兵大目降，後經新港社人協助官兵進羅漢門剿匪，新港社人因此移墾羅漢門。

◎平埔族抗日事件

〔1〕四社寮事件：一九〇四年起因漢人腦丁、平埔族、布農族施武郡社群和四社生番攻擊警察官吏派出所。

〔2〕甲仙埔事件與噍吧哖事件：一九一五年甲仙埔平埔族人攻擊大邱園、甲仙、阿里關、小林、蚊子只和河表湖等派出所，以致後來的噍吧哖事件，大武壠社重演明鄭時期以來，由玉井往南部山林敗逃的路線。

〔3〕小林事件：一九三七年因甲仙埔平埔族人預定於一九三八年攻派出所奪槍，主事者江保成逃竄山林半年被捕。

◎平埔族的遷徙

〔1〕大傑顛社人遷徙路線：

原居住茄萣白沙崙、路竹的大社與下社，範圍介於二仁溪與典寶溪之間，後循大、小崗山至燕巢，形成尖山社，陸續至羅漢內外門，直至一七六三年大傑顛社人奉命移隘口，進旗山蕃薯寮。

〔2〕四社熟番遷徙路線：

(1)歷經西方人與明鄭以來的移民，茄拔社由臺南市善化區茄拔一帶，遷入楠西，後至芎蕉腳（高雄甲仙）。

(2)芒仔芒社由今臺南市玉井區三和里芒仔芒一帶，遷至南化區北寮里楠仔腳，後經由阿里關、甲仙埔、新厝仔等遷徙路線，至六龜。

〔3〕鳳山八社遷徙：

(1)放索社原在左營、大社，後遷往林邊。

(2)上淡水社原居高雄，後至屏東內埔、屏東萬丹。

(3)下淡水社由屏東萬丹，至內埔、竹田，甚而移往恆春半島。

(4)阿猴社（原為搭加里揚社）由高雄沿海，遷仁武，至屏東市，後移往長治，一八七〇年奉命守雙溪口隘（今內埔鄉隘寮村、鹽埔鄉久愛村）與大路關隘（今高樹鄉廣福村）。

(5)塔樓社原居高雄沿海，後至屏東里港塔樓村，而遷九塊厝（今九如鄉）。

(6)茄藤社原居高雄茄定，後遷至屏東佳冬。

(7)武洛社原居高雄美濃，後遷至屏東里港與高樹。

蕃薯寮廳地圖。引自1906年《蕃薯寮廳第一統計書》

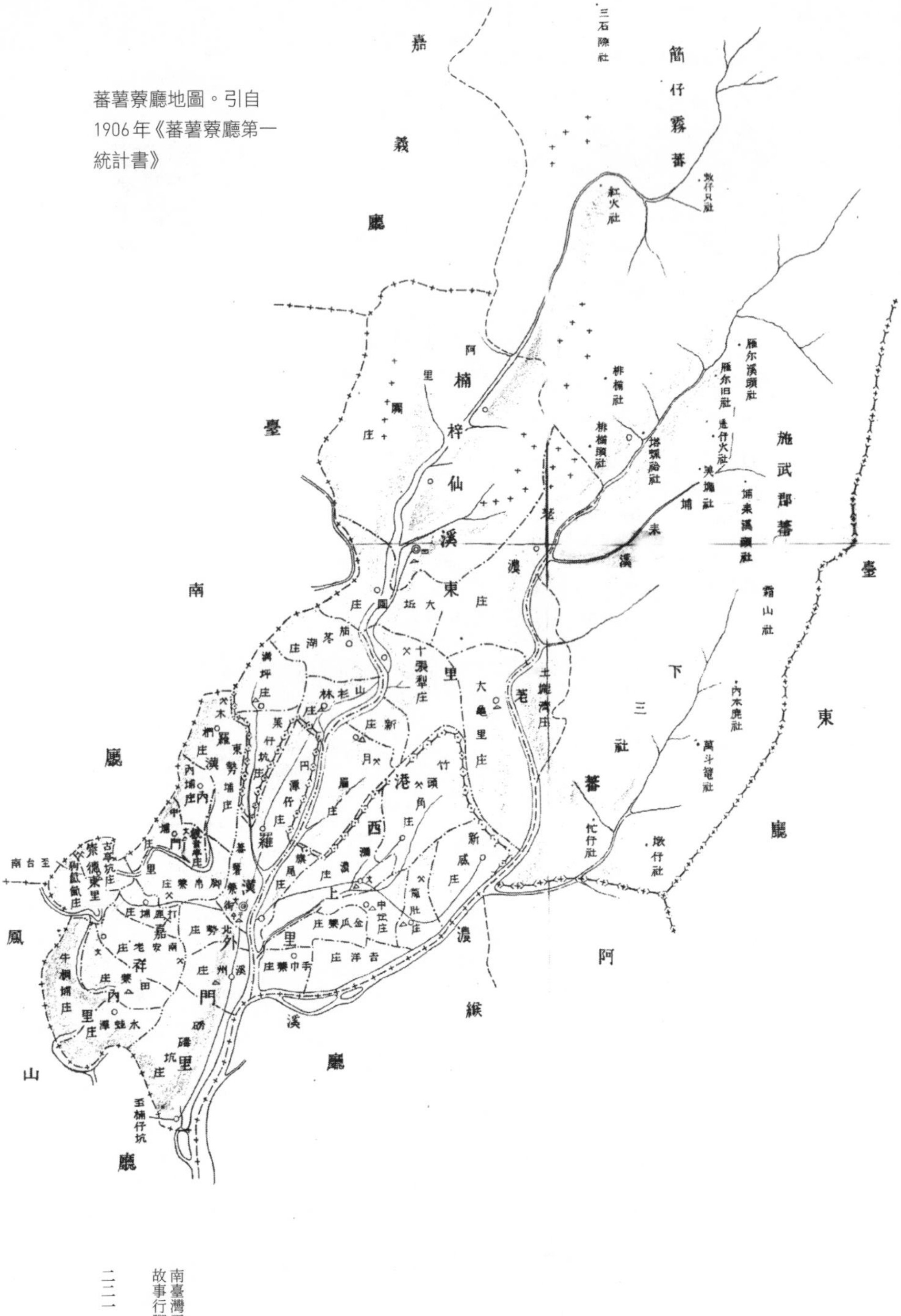

國家圖書館出版品預行編目資料

入陣的人：神行子弟鬥陣事件簿 / 跳舞鯨魚著 . -- 初版 . --
臺中市：晨星出版有限公司，2021.07
面； 公分 . --（晨星文學館；60）
ISBN 978-986-5582-94-4（平裝）

863.55 110008588

晨星文學館 060

入陣的人：神行子弟鬥陣事件簿

作　　者	跳舞鯨魚
主　　編	徐惠雅
執行主編	胡文青
校　　對	跳舞鯨魚、林品劭、胡文青
美術編輯	李岱玲
封面設計	陳正桓
創 辦 人	陳銘民
發 行 所	晨星出版有限公司 台中市 407 工業區 30 路 1 號 TEL：04-23595820　FAX：04-23597123 E-mail：service@morningstar.com.tw http://star.morningstar.com.tw 行政院新聞局局版台業字第 2500 號
法律顧問	陳思成律師
初　　版	西元2021年07月05日
讀者服務專線	TEL：（02）23672044 /（04）23595819#230
讀者傳真專線	FAX：（02）23635741 /（04）23595493
讀者專用信箱	service@morningstar.com.tw
網路書店	http://www.morningstar.com.tw
郵政劃撥	15060393（知己圖書股份有限公司）
印　　刷	上好印刷股份有限公司

定價 350 元
（如有缺頁或破損，請寄回更換）
ISBN：978-986-5582-02-9
Published by Morning Star Publishing Inc.
Printed in Taiwan

作品由高雄市政府文化局2018書寫高雄文學創作獎助計畫贊助創作

本書獲 財團法人 國家文化藝術基金會 National Culture and Arts Foundation NCAF 文學出版補助